# ELLAS SE ESTÁN
# COMIENDO AL GATO

*colección andanzas*

MIGUEL ÁNGEL MANRIQUE
ELLAS SE ESTÁN COMIENDO AL GATO

TUSQUETS
EDITORES

*Para mis hijos, Jerónimo y Alejandro*

Había zombis en el parque, zombis fumando porros, zombis conduciendo taxis, zombis sentados en escalones y haraganeando en las esquinas, todos esperando a que pasaran los años y se les cayera la carne de los huesos.

Michael Swanwick
*Los muertos*

Somos supervivientes, le dijo desde el otro lado de la lámpara.
¿Supervivientes?, dijo ella.
Sí.
¿Se puede saber de qué demonios hablas? No somos supervivientes. Esto es una película de terror y nosotros somos muertos andantes.

Cormac McCarthy
*La carretera*

# Índice

Manuscrito encontrado
  en una botella plástica ....................... 13
Sobrevivientes ...................................... 19
La última mujer sobre la tierra ................. 29
Breve historia de los muertos vivientes ....... 41
Mamá está extraña ............................... 59
Ellas se están comiendo al gato .............. 69
¿Por qué todo el mundo dice que
  los zombis comen cerebros? .............. 83
Las gafas *vintage* de George Romero ......... 101
Sesenta segundos de
  trillado expresionismo ...................... 113
Todos los monstruos mueren
  al amanecer ................................... 135
Epílogo ............................................. 147

# Manuscrito encontrado en una botella plástica

*El hombre es el peor de todos los males.*

K. de Waard

Tenía que andar con cuidado para evitar a los monstruos.

El mundo estaba patas arriba y ya no había lugares donde esconderse. Era arriesgado recorrer la ciudad y desesperanzador observar la desolación en que se hallaba. Era una ciudad tan triste como un verso de K. de Waard. Una ciudad vacía, un laberinto.

Fue difícil encontrar a los protagonistas de estas historias. Personajes reales, sobrevivientes amigables, generalmente solitarios. Hablé con ellos en los sitios donde me los topé: alguna casa en ruinas, cierto apartamento decaído, un sórdido bar. Caminaba de día, buscándolos, y regresaba a mi escondite antes de que anocheciera.

T me sugirió algunos nombres: el de la historiadora longeva, el científico borracho y el perverso cazador de muertos vivientes. Los demás, los deparó el azar. Nunca fue fácil conversar con ellos. El miedo, el escepticismo y la irracionalidad en que cayó la mayoría de la gente, les impidió hablar con claridad de lo ocurrido. Finalmente, sólo nueve personas se atrevieron a decir algo. Entre esas, Liliana.

Siempre llevaba conmigo un morral donde guardaba la poca comida que encontraba, la botella de plástico para el agua, los lápices, el tajalápiz, estas hojas sueltas, el cuchillo de caza que robé en una tienda deportiva, la linterna, el martillo y el revólver con tres balas que le quité a un policía muerto. Se había pegado un tiro a bocajarro.

Cargaba también una cámara fotográfica digital compacta y un libro de poemas de la poeta K. de Waard.

En mi refugio tuve además una bicicleta eléctrica. Le adapté una batería. Cuando pedaleaba podía recargar las pilas que usaba en la cámara y la linterna.

Caminar por la ciudad era cada vez más peligroso. Pululaban los muertos vivientes. Los caníbales. Los asesinos. Cuando sentía su presencia trataba de estar alerta. Estaban por todas partes. No se conseguían alimentos ni agua. Nada. La escasez absoluta. Soportaba todo esto, menos que no hubiera música. Así que leía poesía. *Un zombi es un zombi es un zombi*. Como otros sobrevivientes planeaba huir de la ciudad en ruinas. Iría al sur del continente. Oí rumores de que el virus no había afectado esos territorios y que existían colonias de seres humanos viviendo allí. Ya lo decidiría.

No supe dónde vivía mi maestro. Quise verlo, pero él prefería vivir aislado. A veces llegaba a mi refugio una paloma mensajera de color gris con un papelito amarrado a una pata. Mensajes de T. Muchas veces pretendí seguir su vuelo, sin embargo nunca logré alcanzarla. Viajaba mucho más rápido que yo. Un día no volvió más.

La historia de Iván me la otorgó el azar. Unos soldados buscaban comida en un barrio al sur de la ciudad. Estaban armados con fusiles y se movilizaban en dos *Humvee* amarillos, herencia de los ejércitos norteamericano y chino, luego de que vencieran a los muertos vivientes en la Guerra Mundial Z. Aunque era peligroso presentarse así ante desconocidos, me arriesgué a salir a su encuentro. Felizmente, me recogieron. Les conté que escribía una serie de historias sobre el desastre.

—A quién le importan las historias en estos momentos —dijo el que hacía las veces de líder.

—A mí —respondí.

—Creo que está loco —dijo el líder—. Si quiere venir con nosotros, bienvenido, necesitamos hombres fuertes para ir hacia Tierra del Fuego.

Cruzaremos montañas, páramos, desiertos y punas, y en dos o tres semanas estaremos allá, dependiendo del combustible. Si no quiere, haga lo que se le dé la gana.

Se detuvieron enfrente de una bodega abandonada para buscar provisiones. Me bajé del vehículo para estirar las piernas. Entré al lugar. Allí se habían conjugado los elementos de la desolación: el olor a desesperanza, el agua que goteaba en un rincón, y una tibia y espesa sombra que lo cubría todo. Allí hablé con Iván y conocí a John. Luego escribí *Sobrevivientes*.

Fui periodista. T, mi maestro, me enseñó lo poco que sé de este terrible oficio. Decidí escribir estas historias del fin del mundo con el simple propósito de que él las leyera. Las escribí en diferentes épocas. Incierto lector, si las está leyendo en este instante, usted es un sobreviviente, alguien que sigue vivo en medio de la catástrofe. En alguna ocasión, un viejo militar con el que hablé dijo que yo era valiente, aunque no le creí. Después de que el planeta se fuera al traste, siempre sentí temor, mucho temor. Lo admito, no fui osado. Sin embargo, huir del peligro, como dijo T cierta vez, tampoco me convirtió en un cobarde.

# Sobrevivientes

*La primera víctima del conflicto tiene que ser nuestro sentimiento —decía la frase final de su propuesta—, porque su supervivencia significaría nuestra destrucción.*

Max Brooks

La multitud corría horrorizada hacia la carretera. John se soltó de la mano de su madre. Era un buen niño.

—¡John! ¡John! —gritó la madre.

Ya era tarde.

La horda estaba sobre ella.


Esto podría titularse «Historia de un milagro». No soy creyente, así que no creo en milagros ni sucesos sobrenaturales. Pero debo reconocer que vivo en un país donde la palabra milagro hizo escuela, sobre todo en el periodismo. Antes se decía: «fulanito se salvó de milagro» porque no se mató en el accidente. Odio las frases hechas. Más le hubiera valido morir. Cuando el país estaba en época de bonanza —crecimiento económico, tasa de desempleo de un dígito— se hablaba del «milagro económico». En un país embebido en la fe católica, los milagros existían y nadie aceptaba explicaciones racionales o científicas de los hechos. Sin embargo, cuando escuché a Iván no supe cómo catalogar su historia. Hubiera golpeado al que me hubiera salido con el cuento del milagro. Sólo sabía que la historia de Iván era la historia de un niño inteligente.

Muchas personas sobreviven a distintas catástrofes: accidentes aéreos, naufragios, incendios, derrumbes, terremotos, tsunamis. A sí mismos. De modo que en un país tan poco preparado para los desastres parecía un milagro que Iván, un niño de nueve años, hubiera sobrevivido al virus S. La hecatombe no provino, como se pensó en el pasado, del gobierno de izquierda ni de las posteriores refundaciones del país realizadas por la derecha. Ni siquiera el Gran Aguacero (llovió día y noche durante diez días seguidos) dejó al país tan destrozado.

Cuando comenzó la reconstrucción, el último presidente (descendiente de uno que gobernó hace setenta años) cantó victoria demasiado pronto. Nadie estaba listo para soportar las espeluznantes secuelas del virus S. Lo de virus S se lo inventó el periodista de humor de la revista *Episteme*, bisnieto del gran humorista de la familia, en la edición número 3958. Dijo, cito textualmente: «Adoro al nieto del doctor Londoño porque, al igual que su abuelo, inventó una vacuna sintética contra el virus Z. La revista *Science* casi no le publica el artículo porque cometió un error, lo escribió con S». Desde ese momento el virus Z, transmitido por la mordedura de los muertos vivientes, de los que hubo una gran explosión demográfica a mediados del siglo XXI, se conoce en nuestro país como virus S. No por ello ha dejado de causar estragos en todas las regiones del país, sobre todo en el Chocó y en la superpoblada ciudad de Leticia.

Iván sobrevivió porque su madre lo encerró en la bodega donde se almacenaban los alimentos donados para atender a los damnificados del Gran Aguacero. No todos los niños corrieron con la misma fortuna. Su madre, que no solía andar con sutilezas, no le dijo que el virus era un juego ni que iba a acumular puntos. Le dijo, en palabras del propio Iván: «Niño, quédate ahí y no salgas hasta que el apocalipsis haya terminado». El niño le preguntó: «¿Y cómo voy a saber eso?». Su madre dice que le dijo: «Mijo, sal cuando veas los robots». El pequeño Iván se pasó tres años mirando por una rendija la venida de los robots que nunca llegaron. Miraba al cielo, miraba al horizonte. El primer año vio cómo los habitantes del lugar huían perseguidos por manadas de monstruos. «Eran caníbales y olían feo», dijo cuando lo entrevisté. El segundo año vio deambular a los monstruos. Luego se dio cuenta de que disminuyeron, pero los robots no aparecían. Tres años después de que la horda de muertos vivientes arrasara la ciudad, el pequeño Iván abrió la puerta de la bodega y vio la luz. Los pocos soldados del ejército, que alguna vez fueron asesorados por el gobierno norteamericano —que había sufrido una guerra similar unos años antes— intentaban encontrar alimentos.

—¿De qué te alimentabas?, ¿qué comías? —pregunté con curiosidad.

—Panela.

Cuando entré en la bodega donde Iván estuvo encerrado por más de mil días, vi muchas latas vacías de sardinas y atún, así como unas ochenta o cien cajas de panela. Olía a excrementos humanos, orines y carne descompuesta. Olía a basurero.

—¿Cómo hacías para conseguir agua?

—Llené unas botellas con agua de lluvia.

En un rincón conté como veinte galones plásticos llenos de agua seguramente imbebible. Iván me mostró cómo lo hacía. Cuando llovía, caía una gotera de techo de zinc y él ponía debajo una botella para llenarla.

—¿Nunca saliste de aquí?

—Mi mamá dijo que no saliera hasta que viera a los robots.

24

—¿Sabes cómo es un robot?

—Es como un *transformer*. Esta mañana, cuando me asomé, vi los carros amarillos. Eran ellos.

Iván había confundido los *Humvee* con robots. Pero así son los niños.

—¿Extrañas a tu mamá?

—Sí.

—¿Qué sentiste cuando llegaron los robots?

—Me puse feliz.

Acompañé a Iván hasta la salida de la bodega. Durante una pausa, le tomé fotos junto a los soldados sobre los viejos *Humvee* amarillos.

—¿Te aburrías mucho aquí encerrado?

—No.

—¿Qué hacías para divertirte, Iván?

—Jugar.

Iván había construido una especie de laberinto con las cajas y un cambuche con unas colchonetas en el entresuelo de la edificación.

—¿Con quién jugabas?

—Al principio con nadie.

—¿Cómo que al principio?

—Es que después jugué con un amigo.

Era normal. Después de estar encerrado tres años en la soledad de la bodega, Iván tuvo que haber creado un amigo imaginario, tuvo que haber compartido su vida con un personaje de ficción, con alguien irreal.

—¿Cómo se llama tu amigo?

—John.

—¿John? John es un buen nombre, Iván, ¿a qué jugabas con John?

—A los congelados, a hacer ruidos, a contar historias…

—Entiendo, debe ser muy difícil estar tan solo, todo ese tiempo…

—John no habla, es muy aburrido.

Lo comprendía.

—Bueno, Iván, ahora ya puedes jugar con niños de verdad. Vamos, súbete a ese *transformer* con esos señores. Seguro te llevarán a un sitio donde podrás bañarte y te darán comida caliente.

El que hacía las veces de líder me miró con cara de: «no hable mierda». Le devolví la mirada como diciendo: «es un niño».

—¿Y John?

—No te preocupes, Iván, John va a estar bien.

—Vamos campeón —dijo otro soldado levantando a Iván por la cintura para subirlo al vehículo—, arriba, se hace tarde y es arriesgado andar de noche por aquí.

—¿Y John?

El soldado no le hizo caso. Metió a Iván dentro del vehículo. Tomé unas fotos de la fachada del edificio e hice unas descripciones del lugar. El líder me escoltó, mientras sus compañeros cargaron los galones que contenían el agua que no se había descompuesto.

—¡John! ¡John! —gritó Iván. A través de la ventana del *Humvee* pude ver su rostro lleno de lágrimas.

Cuando uno debe soportar mil días de soledad, pensé, se aferra a sus fantasías. Recordé un clásico del cine de principios de siglo del gusto de mi padre, *Náufrago*. En esa película, Tom Hanks hace amistad con Wilson, un balón de voleibol. Soy muy sentimental, lo heredé de papá, y aún lloro cuando Wilson se cae de la balsa y se pierde en el océano.

Entré de nuevo en la bodega para fotografiar el interior. El líder se quedó afuera. Comprendí que Iván sobrevivió no por un milagro, sino por su inteligencia. Era un niño muy hábil y capaz. Cuando me disponía a salir oí un ruido en la parte posterior. Fui hasta el fondo y encontré una puerta de madera casi deshecha. Me quedé en silencio y escuché una especie de gemido que salía del lugar. Entreabrí la puerta. Era el baño. Una enorme rata corrió pegada a una pared para ocultarse entre la basura. Sentí escalofrío. Un intenso hedor a carroña me hizo dar un paso atrás. Me tapé la nariz con el brazo y terminé de abrir la puerta con el pie. Los gemidos aumentaron. Cuando me asomé, el pequeño monstruo se abalanzó sobre mí, gruñendo. Salté hacia atrás y caí de espaldas. Grité aterrorizado. Afortunadamente algo lo detuvo y evitó que me mordiera. Tenía una soga amarrada al cuello.

—¡Está vivo! —gritó el líder que entró corriendo cuando me escuchó.

—Este debe ser John —dije ya más tranquilo.

El pequeño monstruo tenía la carne del rostro de color gris, los ojos hundidos, amarillos, y los brazos eran jirones de piel putrefacta. Le tomé algunas fotografías. Luego, el líder le disparó en la frente. Deduje, por los huesos y restos de animales tirados en el baño, que John se había alimentado de ratas y gatos vagabundos. En vida pudo haber sido un niño de unos seis años. Un buen niño.

La última mujer sobre la tierra

*Vendo zapatos de bebé, sin usar.*

Ernest Hemingway

No conocía a Érika, pero supe de su desgracia. A las afueras de un centro comercial abandonado encontré un basurero. Al principio, cuando se supo que el contagio era inevitable, la gente en su desesperación se dedicó al saqueo. Intentó huir llevándose consigo ropa y electrodomésticos. Salía cargada de objetos, aunque el pánico la obligó a dejarlos tirados por el camino. En uno de mis recorridos por ese lugar en busca de comida, encontré un computador portátil: un viejo Mac en buen estado. Lo guardé en el morral. El disco duro del aparato me tenía reservada otra historia. Ocurrió meses después de que los soldados de los *Humvee* me invitaran a ir con ellos al sur del continente. No sé por qué no acepté.

Cuando sobrevienen las grandes catástrofes, nunca estamos preparados para afrontarlas. En el pasado vimos personas saltando del último piso de un edificio en llamas, personas esperando pacientes a que una gran ola las arrastrara al fondo del mar, personas resignadas a morir sepultadas bajo un alud de tierra. Hay quienes sobreviven, aunque no se reponen de la pérdida de los demás. La historia de Érika habla de una de estas personas. Cuando cargué la batería del computador, gracias a dos horas de electricidad que obtuve pedaleando, pude ver su rostro angustiado. La serie de videos duraba unos diez minutos. Según el registro de la fecha, Érika los grabó cuando apenas comenzaba la tragedia, antes de que todo empeorara. Los vi muchas veces. Escuché su voz desesperada, compartí su tristeza, percibí su terror.

Le envié a T varios mensajes, con la paloma, en los que le transcribí la totalidad de sus palabras.


«Llevo tres días escuchando esos golpes. Soy Érika, simplemente Érika, y pronto dejaré de serlo, qué importan ya mis apellidos. Ya nada me importa, nada me interesa. Lo que más preocupaba eran mis hijos y creo que los perdí. Nunca pensé vivir en carne propia ese breve relato de terror de Fredric Brown sobre la soledad, pero ocurrió. Fue al comienzo de la gran hecatombe, cuando todavía no teníamos mucha información. Era escritora, ¿pueden creerlo?, bueno, era poeta, sí, sé que ya no quedan muchas poetas en este país, aunque me gusta saber que pude serlo. Que lo soy. De día me costaba concentrarme en casa, mi marido, los niños; en las noches me encerraba en el estudio para leer y escribir. Generalmente me conectaba al iPod para no hacerle ruido a los niños, soy aficionada a escuchar los grupos de *rock* de mi abuelo, Traffic, Jethro Tull, Van der Graaf Generator, ¿han oído *Killer*?, escuchen [se oye la música de uno de estos grupos]. Además, las cosas con Jacobo no andaban bien, parece que salía con otra mujer, no se los puedo asegurar, las últimas veces estaba llegando tarde a la casa, peleábamos mucho, ni les cuento. Al final, me lo confesó todo y lo odié, cuando comenzaron los rumores del virus, cuando comenzaron a aparecer esos monstruos [se suena con un clínex], deseé que se lo comieran. Cómo me arrepiento de esto. Hoy estoy más sola que nunca, lo perdí todo. Perdónenme, aún no puedo superarlo, ¿creen que soy feliz en un país convertido en un horrible campo de refugiados, donde nadie se conoce y todos desconfiamos del vecino? Hace unos meses leí un mensaje en Internet: en una carpa una niña comenzó a gritar. Su madre estaba infectada y casi la muerde. Su propia madre. Pobre, cómo se convierten en eso. Por fortuna el muchacho que vigilaba el campamento se dio cuenta y eliminó a la mujer. He visto las fotos y tengo miedo [suenan golpes]. Mis pobres hijos. Es increíble. ¿Escuchan esos golpes? Estoy aterrada. No sé cómo defenderme, tampoco quiero hacerlo. Tampoco sé cómo salir de aquí, ¿a dónde iría? Hace tres días me encerré aquí en el estudio. Quisiera contarles qué ocurre allá afuera, pero no me atrevo. Ahora estoy hablando con ustedes, así, normalmente. Mañana, no sé. De pronto ustedes, de pronto yo, dejamos de ser nosotros y nos convertimos en eso. Disculpen, perdí el hilo de la historia, es que todo ha sido tan rápido. Esa noche estaba sola conectada al iPod, mientras leía a una de esas autoras que estaban de moda a principios de siglo, que hoy nadie lee. La maravillosa K. de Waard. Por aquí tengo el libro [muestra la cubierta. Se trata de *Zombis tristes*]. Ocurrió como en una película de terror. Se fue la luz. Por fortuna mi computador tiene cargada la batería, por eso puedo seguir hablándoles hasta que se agote. No sé, en cualquier momento puede que abra la puerta. Tengo hambre y sed. Estoy desesperada. Juan y Nicolás comenzaron a actuar tan raro. La situación es grave y, hace unos meses, el gobierno de Barreras dijo que todo estaba bajo control, ¿sabe

34

alguien algo de él? El problema es gravísimo y Barreras trató de ocultarlo, de negar cuanto ocurría en otras regiones del país, pero ya se había regado el rumor de que las cosas al norte estaban jodidas, muy jodidas. Tuvimos un presidente incompetente [llora y se seca las lágrimas con el dorso de la mano]. ¿Qué voy a hacer? Esto es un completo caos. Siempre fui una mujer tranquila, por eso pocas cosas me asustaban. Nací a principios de este siglo. Mis padres eran gente progresista, así que no me educaron en creencias intimidatorias. Los únicos monstruos que conocí salieron de los libros o los vi en películas. Realmente nunca pensé que esto fuera a ocurrir. ¿Que los muertos se levantaran?, ¿no es de locos? De un momento a otro esta ciudad se llenó de ellos, este edificio… Mierda, no sé tampoco para qué o para quién estoy grabando esto, pero es lo único que puedo hacer. Una cosa es leer *El Golem*, ¿sí o no?, una cosa es ver películas de vampiros o reírse de *Frankenstein*, otra cosa es saber que de verdad te convertirás en uno de ellos. Creí que sólo era una de esas antiguas creencias haitianas que me enseñó mi padre, pero Haití desapareció. Miren [muestra una fotografía familiar], esta foto es de hace dos años, estábamos de viaje. Este de acá, el de la camisa a rayas es mi hijo mayor, Juan. El pequeño es Nicolás. Este hombre gordo es Jacobo mi exesposo. Ahora me parece todo tan ridículo. Tantos años tratando de construir una familia, tanto luchar para sacarlos adelante, para que todo acabe así. Juan estaba terminando la secundaria. Pensaba irse a estudiar diseño gráfico a Brasil. Nicolás estaba en primero de bachillerato. Antes de que ocurriera todo esto, planeábamos irnos de viaje a Chile durante el invierno. Ellos querían aprender a esquiar. Jacobo era ingeniero de sonido. Venía a visitar a sus hijos los fines de semana, les traía música, novedades. Si les interesa tengo un *blog* de poesía [se oyen más golpes]. Estoy tentada a abrir la puerta, tengo miedo. Sé con qué voy a encontrarme al otro lado. No creo que pueda superarlo jamás. ¿Alguien recuerda esa novelita de Kafka, *La metamorfosis*? Estuvo muy de moda en una época. Aquella en la que el personaje se transforma en un insecto odiado, que al final matan a escobazos. No sé de qué estoy hablando [bosteza]. Estoy cansada, agotada. De pronto, sigo más tarde [se corta la grabación].»


«Dormí un poco, tuve pesadillas [tose], tengo la garganta reseca. Mírenme, toda pálida, toda ojerosa, hasta huelo mal. ¿Por qué teníamos que llegar a esto? No sé [mueve la cabeza], creí que el mundo se acabaría naturalmente, que un asteroide chocaría contra la Tierra o algo así, no era tan pretenciosa como para afirmar que los seres humanos lo haríamos. Somos, fuimos tan poquita cosa. Si resulta que soy el único ser humano sobre la Tierra y muero, el universo no me va a extrañar, nadie me va a extrañar. Pero un maldito virus. ¿Qué van a hacer los científicos incompetentes? Londoño dijo que tendría pronto una vacuna sintética. No lo logró. Quién sabe qué pasó con Josefina Barrenechea. En otras palabras, estamos muertos. Se acabó la humanidad. Mejor, ¿verdad? Somos una especie de mierda, no supimos entendernos entre nosotros ni entender a este pequeño planeta. Nos merecemos lo que pasa. Quisiera matarme, pero no tengo una pistola conmigo, ni un veneno. En esta casa no estaban permitidas las armas ni las sustancias tóxicas [golpea el escritorio con la mano]. Me duele pensar que, si me ahorco, reviviré convertida en uno de esos monstruos, en una bestia caníbal. ¡Maldita sea, estoy furiosa conmigo! ¡De haberlo sabido no hubiera tenido hijos, Jacobo, tú insististe! [Suenan más golpes] ¡Ya cállense de una vez!, ¡déjenme en paz!, ¡déjenme en paz, por favor…! ¡Miserable! ¿Dónde estás en estos momentos cuando más te necesito? ¿Qué pasó con la gente?, ¿qué se hicieron todos los valientes?, ahora sí nadie sale a protestar, ahora nadie grita, ahora ya nadie se indigna. Humanidad de mierda, tenemos bien merecido el castigo, putos egoístas, putos egoístas de mierda, ya qué importa lo que diga o haga, ¿quién demonios me va a juzgar?, ¿quién?, ¿ustedes?, ustedes son sólo un montón de estúpidos muertos, no me hagan reír [grita desesperada]. ¿Por qué?, ¿díganme por qué sucedió?, ¿de qué putas sirvió la ciencia?, ¿para qué sirvieron los militares?, ¿y los políticos?, esos comemierda, ¿y la cultura?, ¿y los libros y el arte?, ¿quién escuchará música?, ¿y mis hijos?, ¿mis hijos?»

«Mis hijos, pensar en ellos me pone aún más triste. Mi gran debilidad siempre fueron los niños. No soportaba verlos llorar ni sufrir. Nunca les di palmadas ni les grité. ¿No es irónico? Nunca castigué a mis hijos, nunca los herí, nunca les hice daño. Sólo los llené de amor, de besos, de abrazos, de historias y juegos. Esos fueron los límites. Los psicólogos, los pedagogos, los padres, creímos que estábamos forjando seres humanos íntegros, inteligentes, felices, creímos mucha mierda… [Llora] Todos estábamos equivocados. Pronto dejaré de ser Érika, pronto dejaré de ser la exesposa de Jacobo, la madre de Juan y Nicolás [acerca la foto de la familia]. ¿No son hermosos? [Las lágrimas le mojan las mejillas] Cuando los tuve no hubo una alegría comparable a pesar del dolor. Con el primero, con Juanito, el trabajo de parto fue largo, ¿pueden imaginarlo?, veinticuatro horas. Nació con buen peso y buena talla. Fui una mujer feliz. El segundo, Nicolás, casi nace en el carro. A Jacobo se le ocurrió, no sé de dónde sacó eso, que si con Juan fueron veinticuatro horas, con Nicolás serían doce. Después de cuatro horas, cuando ya no aguanté más le dije que o me llevaba rápido a la clínica o me iba sola. Alcancé a llegar a tiempo. Mi mamá me acompañó esa noche. Jacobo voló en ese carro hasta la clínica. Ella me dijo que resistiera y así lo hice. Rompí fuente mientras me cambiaba de ropa. Las enfermeras de turno me llevaron a la sala de parto y nació. Cómo los extraño. Creí que las cosas malas les ocurrían a los demás. [Se oyen golpes] Llevo tres días escuchando esos golpes, ya no puedo más, no me quiero matar, pero me voy a volver loca. ¿Les abro?, ¿me quieren a mí? Bien, allá voy, no soporto más esto. Va a amanecer. No me acosen, ya les abro la puerta [Érika se levanta del escritorio y desaparece de la pantalla. Se observa la ventana del estudio. Y más allá, al fondo, algunos edificios]. Aquí estoy, vengan. Vengan con su mamá. [Los golpes se intensifican. Retumba el estruendo de un mueble que cae, de objetos que se rompen. Se oyen gemidos.

Luego un breve silencio. Resuenan en el aire los gritos aterradores de Érika.]»

Le envié un mensaje a T diciéndole que mis nervios ya no soportaban tanta tensión. Me dijo que si quería seguir arriesgándome, tomara unos días de descanso. Si no, que me fuera a Tierra del Fuego. No me parecía una mala idea. Cruzaría montañas, páramos, desiertos y punas, y en algunos meses estaría allí. Descansé unos días, pero la falta de comida y agua potable hizo que fueran más difíciles. A pesar de todo, me arriesgué a buscar a la historiadora Nara del Castillo.

# Breve historia de los muertos vivientes

*Parece tan milagroso ver cómo de repente comien-*
*zan a agitarse las cosas que siempre han perma-*
*necido muertas, inmóviles.*

Gustav Meyrink

«Como historiadora hubiera podido dedicarme a hablar de Stephen King o George Romero. Hubiera podido hablar de guerrillas o paramilitares. Pero, por alguna razón, terminé hablando de monstruos: de *golems, frankensteins*, robots y muertos vivientes. Hubiera podido hablar de la más monstruosa de todas las criaturas. Me dediqué a estudiar a las menos monstruosas. La más monstruosa es el hombre, por supuesto, lo dijo sabiamente Fredric Brown: *criaturas demasiado asquerosas, con sólo dos brazos y dos piernas, y aquella piel de un blanco nauseabundo y sin escamas...*

»En mi época, la gente que se consideraba normal rechazaba a la gente que consideraba anormal física, moral o políticamente. Los suponían disminuidos. Me sentí rechazada por esa supuesta sociedad liberal en la que crecí. Nada era más falso y ajeno. Descubrí que no era algo tan complejo como la razón lo que transformaba a los hombres en monstruos, sino cosas más simples como la soberbia, las ganas de imitar a Dios y la ambición.»

Así iniciaba la introducción de la primera edición de *Breve historia de los muertos vivientes en Colombia 1948-2012*, obra cumbre de la historiadora colombiana Nara del Castillo, publicada en 2013.

No recuerdo que mis padres me asustaran con monstruos. Cuando la mayoría de esos seres imaginarios pasaron de moda, se convirtieron en personajes cómicos. T me sugirió buscar a la profesora Nara del Castillo. «La única historiadora de monstruos de este país.» Él creía que se trataba de la hija o nieta de una prestigiosa historiadora del siglo pasado, que lleva el mismo nombre. T me había enviado un mensaje con su dirección. Duré unas semanas buscando el edificio hasta que lo encontré. A T no le divertían los monstruos. Le parecían feos y desequilibrados. Su educación era rigurosamente clásica: la proporción de las formas, la armonía del todo, la luz que aclara y embellece la simetría de las cosas. A pesar de ello, dijo que visitara a la profesora. ¿Cómo ayudaría la comprensión de los monstruos en la historia de la cultura a deshacernos de los que hoy nos invadían?, pensé. A pesar de mi escepticismo, accedí a conocerla.

La profesora Nara vivía en un edificio de cinco pisos, semiderruido, ubicado en lo que hace unas décadas fue un barrio de clase alta. Estas clasificaciones estaban en desuso. Sólo había sobrevivientes y Nara del Castillo era uno de ellos. Los ventanales de los primeros pisos estaban cubiertos con mallas metálicas. Observé los timbres inútiles de los apartamentos. Hacía varios meses, la ciudad se había quedado sin servicio de energía eléctrica. Tampoco había agua ni telefonía. Empujé la puerta hasta que la abrí.

Subí las escaleras. La atmósfera siniestra que percibí en el edificio, hace tiempo que recorría la ciudad, el país, el planeta entero. Los pasillos estaban sucios y había basura acumulada en los rincones. Decenas de cucarachas se paseaban orondas por los techos. Cientos de moscas hacían festines con la podredumbre. Oí ruidos escalofriantes detrás de las paredes. Cuando llegué al quinto piso golpeé la puerta del apartamento durante más de media hora.

—¿Quién anda ahí? —dijo por fin una voz femenina.

—¿Es usted familiar de la profesora Nara?

—¿Quién la busca?

—Cómo está señora, mire, vengo de parte de T, él me dio sus señas, ¿puedo hablar con usted?

—¿Qué desea?

—Hablar de monstruos. T me dijo que Nara del Castillo era una experta.

—¿Una experta? No me haga reír.

Abrió la puerta. Tenía la piel tan arrugada que apenas pude distinguir sus ojos. Vestía un grueso chal de lana y se ayudaba con un bastón de madera para caminar.

—Siga, por favor, siéntese. ¿Le provoca un té?

—¿Un té?

—Qué, ¿acaso ya no sabe lo que es?

—Profesora, es que hace tanto tiempo…

—¿Le preparo uno?

—Sí, gracias, profesora.

Los muros y los pasillos del pequeño apartamento estaban cercados por columnas de libros, unos sobre otros, con los lomos expuestos. Podía leer los títulos: por allí varias ediciones de *Aproximaciones antropológicas a los muertos vivientes* de Hederich, por allá *La vida privada de los zombis* de J. Borja. A un lado, *Zombis tristes* de K. de Waard; al otro, *Conversaciones con George Romero* de Manrique. Cientos de libros sobre el tema ocupaban todos los espacios y rincones de la vivienda. Me senté en un sillón bastante incómodo, apolillado, con los resortes salidos. Estornudé varias veces. Era evidente la cantidad de polvo acumulado en el lugar. En la sala había una mesa de trabajo, varios cuadernos, una silla y un sofá. No había cuadros ni objetos ni adornos. Me entró curiosidad, pero evité ojear algún libro sin permiso de la anciana. El humo del papel que arde invadió el apartamento. Luego de unos minutos, la mujer apareció tambaleándose como un borracho con una taza de té caliente en las manos. Me levanté para ayudarla. Temía que se cayera y se desmoronara como un terrón de arena.

—Quédese sentado, me hace bien el ejercicio. No le ofrezco azúcar porque no se consigue.

—Así está bien.

Cuando se acomodó en el sofá, varias polillas revolotearon alrededor. Se quedó mirándome, inmóvil. En ese momento, supe que estaba frente a una vieja momia, tiesa y reseca.

—Es usted demasiado joven —dijo—; si se dedica a entrevistar a personas como yo, en vez de ponerse a aprender algo que le permita sobrevivir, no va a durar mucho.

—Bueno, esto es lo que sé hacer.

—Eso lo hace cualquiera. Mejor aprenda a sembrar o a componer música. Es inútil todo lo demás. Todos queremos una buena comida y que nos alegren el oído. Nada más.

Probé el té. Tenía hojas de una hierba que no supe identificar.

—Es té de yerbabuena —dijo sonriendo—, yo misma la cultivo. Es buena para calmar la ansiedad.

—No lo sabía, gracias, estaba algo nervioso. Profesora, ¿a qué se dedica?

—¿Acaso no lo nota? A ustedes los jóvenes siempre hay que explicarles lo evidente. Me paso los días leyendo, recordando otras épocas.

—La verdad, profesora, vine a preguntarle por una famosa pariente suya que escribió una historia de los monstruos. No conozco el libro, T me habló de él.

—Bueno, jovencito, déjeme aclararle algunas cosas. Primero que todo, no tengo parientes famosas. Mi madre fue una simple funcionaria del gobierno y mi padre un abogado común y corriente. Me casé con una comunista, no tuve hijos. De paso, soy negra. Segundo, imagino que me pregunta por un trabajo que hice cuando era muy joven. Déjeme busco el librito.

Estaba confundido. T mencionó que, seguramente, Nara del Castillo era descendiente de una historiadora del siglo pasado. Quizá se había equivocado, la profesora Nara parecía haber nacido a principios del siglo XXI. Era imposible que su madre o su abuela estuvieran vivas.

—Casi no lo encuentro. Se publicó antes de la democratización de las tabletas electrónicas. Aunque siempre preferí el papel.

Me tendió el libro. Era una edición en tapa dura, de hojas amarillentas. Tenía en la cubierta una ilustración del rostro de un famoso político convertido en zombi. Se titulaba *Breve historia de los muertos vivientes en Colombia 1948-2012*.

—Ahí está todo lo que debe saber. No soy una experta en monstruos como cree T, sino en zombis. Él siempre exagerándolo todo. Le guardo mucho cariño. Hace tiempo que no sé de él, ¿cómo se encuentra?

—Bien, supongo. Es como mi jefe.

—Tome el libro, se lo regalo. Lléveselo, sólo no me pida que se lo firme ni lo abra en mi presencia. No le puedo ayudar mucho porque la memoria me falla. Además, si hablo mucho, me fatigo. Sólo si tiene alguna pregunta importante, vuelva; de lo contrario, en el libro encontrará las respuestas.

—¿Por qué escribió sobre estos engendros?

—No recuerdo. Quizá fueron mi sueño liberal. Tal vez lo hice para alejarme de la realidad agobiante que vivía en ese momento, para escribir sobre algo diferente. En este país fuimos tan autorreferenciales, no sé si ya dejamos de serlo, que me parecía aburrido escribir sobre lo mismo: los próceres, la guerra, los sicarios, la mafia, el secuestro. Los periódicos publicaban una noticia y entonces los historiadores, los novelistas y todos los que se creían con derecho a ahondar en los detalles, se lanzaban a escribir más sobre el tema, se dedicaban a repetir lo mismo que otros ya habían dicho. Por eso escribí la historia de los muertos vivientes. Ninguna escritora seria de este país se hubiera atrevido a hacerlo. Me daba igual. Quizá también porque me casé públicamente con la mujer que amé, porque nací negra y llegué a ser felizmente quien soy, porque luché por una sociedad más justa. Porque quería tener un pretexto para denunciar el mal. Lo escribí por muchas de esas razones.

—¿Les teme?

—No les temo. Les tengo miedo a los seres humanos. A los monstruos les guardo respeto. Son conmovedores. Los zombis, con la piel arrugada y putrescente, los dientes y uñas negras, son individuos con las mismas pasiones y exigencias que nosotros. Siempre quise explorar el lado oscuro de la imaginación humana, el lugar donde habitan nuestras pesadillas.

—¿Nunca pensó que conviviríamos con monstruos verdaderos?

—Los monstruos siempre nos acompañaron. Siempre fueron verdaderos. En la antigua Babilonia los llamaban gigantes, enanos, dobles. Les decían portentos, prodigios. Si me pregunta por el deseo del hombre de crear a otro hombre, imitando a Dios o a la ciencia, esto es más bien reciente. En el siglo XVI, Paracelso, un médico suizo, creyó que podía crear un hombre cultivando el semen humano en una vasija, en la cual se producían las transmutaciones dando origen a pequeños hombres: los homúnculos. Pero esto no pasó de ser una leyenda. Otros alquimistas pensaron en crear un ser humano de la raíz de la mandrágora. Manipulaban la planta de forma secreta para desencadenar sus fuerzas ocultas y transformarla en un hombrecillo. Hay leyendas del siglo XVIII que narran la creación de hombres a partir de la materia de las estrellas fugaces. Una fábula malaya cuenta el origen de un pequeño monstruo, el Polong, creado con la sangre de un hombre asesinado, dentro de una botella a la que se le recita una serie de fórmulas mágicas durante siete días. En el gueto judío de Praga surgió la leyenda de El Golem.

Nara se levantó del sofá para buscar otro libro en una pila de libros.


Semanas después le pedí a T que me contara la historia de este engendro. Tres veces fue y regresó la paloma gris. El mensaje total decía:

Al Golem, dice Gustav Meyrink: «Se lo relega al reino de la leyenda hasta que un día sucede algo en una calle que de repente lo resucita. Durante un tiempo, todo el mundo habla de él y los rumores crecen hasta lo increíble. Se hacen tan exagerados y desmedidos que finalmente vuelven a derrumbarse debido a su propia incredibilidad. Se dice que el origen de la historia se remonta probablemente al siglo XVI. Cuentan que un rabino creó, según métodos de la Cábala ahora perdidos, un hombre artificial, el llamado Golem, para que lo ayudara, como su criado, a tocar las campanas en la sinagoga y a hacer todos los trabajos duros. Pero también cuentan que no le salió un hombre auténtico, ya que su única forma de vida consistía en vegetar de un modo rudo y semiinconsciente; además, según dicen, sólo durante el día, gracias a la influencia de una hoja mágica que le ponía entre los dientes y que atraía las libres fuerzas siderales del universo. Cuando una noche el rabino se olvidó de quitarle, antes de la oración, la hoja de la boca, dicen que cayó en un estado de delirio tal que, corriendo en la oscuridad de las callejas, destrozó todo lo que encontraba en su camino. Hasta que el rabino se enfrentó a él y destruyó la hoja. La criatura debió caer sin vida. No quedó nada más de él que la figura enana de barro que hoy todavía se puede ver en la antigua sinagoga de Altneus».

—No me refería a convivir con monstruos imaginarios, sino reales, como los zombis —dije.

—¿Cree que el homúnculo, el Polong o el Golem no fueron suficientemente reales? —dijo Nara, fatigada, mientras se acercaba de nuevo al sofá con otro libro amarillento en las manos—. En su época, la gente les tenía verdadero terror. Como a las leyendas de nuestros ancestros: las patasolas, lloronas y mohanes. Como a los posteriores monstruos.

—Hay monstruos invisibles, en cambio, vemos deambular a los muertos vivientes.

—Siempre han estado con nosotros. ¿Con quién cree que vivo en este edificio? Mis vecinos se transformaron hace varios años. Aunque ninguno supera a Frankenstein, el monstruo más memorable del siglo XIX. Todos creyeron que se trataba de la fantasía de una escritora demasiado joven y romántica. Él fue algo real. Frankenstein fue la respuesta literaria a una pregunta científica y filosófica de la época: ¿se podía crear artificialmente un ser humano a partir de las partes tomadas de diferentes cadáveres? Esto generó controversias inclusive jurídicas. Si este monstruo cometía un crimen, ¿quién respondía? ¿Su cerebro, su cuerpo, sus brazos?

—Conozco el origen de esa leyenda.

—¿Creció en la ciudad? Porque si lo hizo en un pueblo pequeño, sus percepciones son bastante provincianas. Hijo, Frankenstein es tan real como usted o como yo. Y bueno, las momias y los vampiros también son leyendas con evidentes orígenes literarios, pero no por eso son menos reales que un árbol o una casa.

—¿O sea que cree en Drácula como alguien real?

—Definitivamente. Lo corroboran las fuentes —dijo tosiendo—. Abraham Stoker lo único que hizo fue contar la historia. ¿Sabe quién fue Vlad Tepes? También las momias, los robots y los zombis son reales. Hablemos de estos últimos. Ya existían en la antigüedad, pero quedan pocas evidencias de ello. Esta *Guía de supervivencia* fue escrita hace setenta y ocho años por Brooks. Aquí se documentan los ataques registrados más antiguos de los que se tiene memoria. Hay hallazgos arqueológicos en Katanda, África Central, que se remontan a sesenta mil años antes de Cristo. En ese lugar, descubrieron una cueva con cráneos que sufrieron el mismo trauma y una pintura que al parecer advertía sobre los muertos vivientes. En Hieracómpolis, Egipto, un arqueólogo británico descubrió una tumba, con el sarcófago abierto, del año 3000 antes de Cristo. Las paredes tenían arañazos aparentemente hechos por el cadáver durante varios años. En el año 121 después de Cristo, durante el gobierno del emperador romano

Adriano, Terencio se enfrentó con una horda de más de nueve mil criaturas. En 1579, el pirata Francis Drake contó en un diario secreto, hoy perdido, que descubrió el Islote de Los Condenados ubicado en el Pacífico Central. Allí era «donde los *Dioses de los muertos* llevaban a los difuntos de la tribu para vivir con ellos durante toda la eternidad». En Siberia se encontraron los restos de cosacos caníbales. Una carta de un mercader portugués llamado Enrique Desilva, escrita en 1611, narra la historia de una sociedad secreta, en el Japón feudal, encargada de exterminar las almas malditas. También hay ataques registrados en una pequeña isla del Caribe Oriental, en el norte de África, en Rusia. Recuerde lo que dice la vieja Théréza: «Si pasas por la carretera de noche, y ves un enorme fuego, y cuanto más andas para acercarte, más se aleja: eso lo hace el zombi... O si un caballo con tan sólo tres patas pasa a tu lado. Eso es un zombi». En el siglo XX, algunos antropólogos documentaron casos en la desaparecida isla de Haití. El cazador Gracchus, mencionado por Kafka, es un muerto viviente. Para ellos ya no hay ninguna verdad, viven en una continua ficción, en una tierra de nadie. Para la mayoría de estos monstruos ha desaparecido el sentido físico y el metafísico.

—Creíamos que eran supersticiones.

—Hijo, ya lo dijo el gran William Seabrook:

«Hay una regla fija en nuestra forma de razonar que nos lleva a oponernos a cualquier explicación sobrenatural siempre que sea posible optar por una explicación natural, aunque esta sea poco probable». ¿Supersticiones? ¿Ha leído las *pulp fiction* norteamericanas? En ellas desfiló el inigualable Lovecraft, circularon cientos de monstruos descarnados y putrefactos, científicos locos, nigromantes, seres humanos vaciados por completo de vida y carentes de voluntad, alienígenas invasores. Todos fueron reales. Hubo una época, en el siglo pasado, denominada la «Guerra Fría». El miedo provocado por el comunismo soviético, la aparición del proletariado, la desaparición de la propiedad privada y la nacionalización influyó en la literatura de zombis. Eso leía de niño George Romero. Para él no eran supersticiones, era la realidad.

—No me va a negar que George Romero...

—Romero fue un gran documentalista, hijo, un historiador. Se adelantó a estas épocas. ¿Quién, sino un artista, fue capaz de advertirnos sobre lo que se nos venía encima? El hombre busca la inmortalidad y emular a Dios. Teme a la muerte, desea ser eternamente joven, rechaza la obsolescencia del cuerpo y cree en la resurrección de los muertos. De esos deseos y miedos surgen los monstruos. La búsqueda del amor, del dinero, la opresión de los obreros y el culto al trabajo, que convirtió al hombre moderno en un autómata; todo esto también dio origen a los zombis. Ahora estoy muy cansada para seguir explicándole el tema. Espero que no se ofenda. Todo está en el libro. Por favor, salude a T de mi parte. Y cuando salga asegure bien la puerta de abajo. No quiero sorpresas.

—Una última pregunta, ¿cómo ha hecho para sobrevivir?

—¿Ve los libros? Las buenas historias me mantienen con vida. Siempre que termino una, comienzo otra. Eso funciona. Los libros también me permiten hacer fuego para calentar el agua del té. Recojo agua de lluvia en baldes de una gotera en el techo. No necesito más.

Me mostró un pequeño vivero hidropónico donde cultivaba lechugas y otras hierbas de las que se alimentaba. Me despedí de la profesora agradeciéndole la charla. Cuando bajaba las escaleras, oí de nuevo los extraños gemidos que salían de los apartamentos. Sentí que los vecinos metamorfoseados en espantosas criaturas me observaban por las mirillas. Probablemente nadie frecuentaba el edificio.


La introducción del libro de la profesora Nara era breve. Invitaba al lector a comprender la naturaleza de los monstruos contemporáneos, a partir del conocimiento de los monstruos antiguos. Nara utilizó como fuentes libros, periódicos, cómics, películas y series de televisión. Habló de los siete peores monstruos que poblaron la imaginación humana. Se interesó por ellos, cito textualmente: «por inhumanos, sanguinarios, terroríficos, malignos y destructivos». Muchos explicaron la aparición de estos monstruos desde diferentes visiones filosóficas y literarias. Para mí no eran más que leyendas.

Leí la biografía de la solapa: «Nara del Castillo nació en El Carmen de Bolívar, en 1957. Historiadora. Autora de *Zombis y robots* (1997), *El lado oscuro de la imaginación* (2001) y *El monstruo interior* (2005)». Pensé que había una equivocación en la fecha de nacimiento. Nadie podía vivir, menos en las actuales condiciones, más de 130 años. Cuando le comenté a T del hallazgo, dijo que no era un error. Me envió un papel con el año de nacimiento de la anciana, consultado en otra fuente: 1957. Semanas después, regresé al apartamento de la profesora porque quería hablar más con ella. Quería estar seguro de haber conocido a la persona más vieja del mundo, a una sobreviviente de la hecatombe. Lo intenté varias veces. Golpeé a su puerta, asustado, aterrado por los espantosos gruñidos que se oían en el edificio. Nara del Castillo jamás la abrió. Una salvaje repugnancia por la vida se me agolpó como un nudo en la garganta.

# Mamá está extraña

*Sólo una mujer muy fea o muy bella escondería el rostro.*

Oscar Wilde

Cierto día, me aventuré por la avenida Circunvalar. Estaba atestada de carros abandonados, muchos de estos cargados de cajas, bolsas y maletas que la gente había abandonado. Buscaba gasolina. Tenía la idea de montarme en una motocicleta para salir de la ciudad. Revisaba el depósito de una camioneta, cuando vi descender de la montaña a tres tipos. Caníbales, pensé.

Corrí calle abajo hasta llegar a la carrera Quinta. Estaban muy cerca de mí, cuando el automóvil apareció. En mi desesperación me le crucé de frente. El hombre que conducía frenó en seco. Los tipos que me perseguían estaban a unos diez metros. Subí y le grité al conductor que arrancara rápido. Uno de los tipos logró treparse sobre el automóvil. En ese instante, el conductor arrancó. Miré hacia atrás. El asaltante rodó varios metros. Los otros dos corrieron detrás hasta que se cansaron. Luego ya nos los vi más. Miré agradecido a mi salvador. Dijo que se llamaba Samuel y que iba en busca de su hija.

Cierta vez le envié un mensaje a T preguntándole qué era un héroe.

—Cabeza de Vaca —respondió impasible.

Me envió un papelito con la historia: «Salió de Europa buscando la gloria, la fama y la fortuna, pero encontró el infierno, el fracaso y la miseria. Como nosotros, fue un sobreviviente. Transformó su visión del mundo luego de convivir por ocho años con los indígenas. Tomó partido por ellos en contra de los conquistadores que los esclavizaban. Fue conquistador, náufrago, esclavo, comerciante, curandero, gobernador, prisionero y escritor».

Más adelante, a la altura de la autopista Norte con calle Ochenta, una mujer le hizo señas para que se detuviera. En vez de hacerlo, Samuel aceleró el vehículo. Miré por el retrovisor, tres hombres salieron por detrás de unos árboles y nos arrojaron piedras. Una destrozó el vidrio trasero. En menos de media hora, Samuel había recibido dos ataques.

—Mierda —dijo—, esto es el fin del mundo.

Samuel se reacomodó en el asiento y se fumó

un cigarrillo en silencio. Vi la ciudad. Divisé a lo lejos las columnas de humo, los incendios. Llevaba la ventana abierta. Las barriadas, desoladas y tristes, se extendían ante mí hasta el infinito.

—¿Y su familia? —pregunté.

Samuel abrió la guantera para buscar más cigarrillos.

—¡Maldita sea! —gritó—, debo ir por mi hija.

Se detuvo en una estación de gasolina abandonada, pero no encontró combustible.

—Debo ir por mi hija —repitió.

—¿Está loco? No ve que la ciudad está infestada de asesinos y monstruos, ¿cómo sobrevivirá?

—No lo sé, debo ir —dijo mostrándome un revólver en la pretina.

—Lo acompaño —dije un poco ofuscado—. La verdad, esto hace parte de la historia que quiero escribir y T me lo agradecerá. ¿A dónde vamos?

En el camino me contó su historia. Sueños. Viaje a Europa. Novia europea. Regreso al país. Hija. Familia. Trabajo rutinario. Ilusiones perdidas. Separación. Divorcio. La vida de Samuel me pareció el típico cuento moderno de educación sentimental. Un viaje formador, una *Bildungsroman*. Mientras hacía algunas anotaciones en la libreta, lo miré. Era mestizo. Un híbrido hecho de retazos culturales. Ni muy guapo ni muy alto ni muy inteligente, pero lo suficientemente guapo, alto e inteligente para sobrevivir en una sociedad clasista y excluyente.

—Toda esta historia de Elizabeth, me ha hecho pensar que fui un marido injusto —dijo.

—Sólo deme los detalles —dije.

—Fui un mal esposo, un mal padre.

—¿Y eso importa en estos momentos? —le reproché—. Sólo espero que su hija se encuentre bien.

—Pensé que el virus estaba controlado.

—Cuénteme, ¿qué sucedió después del divorcio?

Samuel parqueó en la entrada de una urbanización ubicada al noroccidente de la ciudad. Parecía deshabitada. Caminamos hacia una de las edificaciones. Las sombras y tinieblas de los corredores me intimidaron. Olía a mierda y carroña. Me recordó el lugar donde vivía la historiadora del relato anterior. Samuel empuñó el revólver. Subimos las escaleras hasta el séptimo piso. Caminamos por un estrecho pasillo hasta el apartamento 702. Golpeó la puerta varias veces.

—¡Papi, ayúdame! —se oyó una vocecita.

—¿Manuela?, ¿dónde estás?, dime rápido, ¿dónde?

No obtuvo respuesta. Golpeó la puerta con su cuerpo sin éxito.

—¿Elizabeth? —dijo mientras seguía golpeando.

Escuché unos sonidos extraños que provenían del interior.

—¿Elizabeth?, Manuela, ¿están ahí? Soy yo, Samuel, tu papá. ¿Manuela?

Reventó la cerradura de dos disparos. Abrió la puerta de una patada. Una pestilencia, como de animal descompuesto, invadía el lugar. Estaba acostumbrado. Así olía la ciudad, así olía el país, así debía oler el planeta: a podredumbre. Samuel comenzó a recorrer el apartamento apuntando su arma hacia las habitaciones. Yo iba detrás.

—¿Elizabeth?, ¿Manuela?, ya estoy aquí. No tengan miedo, soy yo. Estoy acompañado.

Entramos en la primera habitación. Vi una cama desordenada. Vi cuadros de *Hello Kitty* colgados en las paredes. Vi una pequeña mesa, con una sillita y un computador portátil. Salimos, recorrimos el breve pasillo hasta el otro cuarto.

—¿Elizabeth?

Un grito terrible, como de alguien que se ahoga, invadió el apartamento. Me sobresalté.

Esto huele mal, pensé.

—Elizabeth, soy yo, abre la puerta.

—¡Papi!, mamá está extraña.

—Ya voy, Manuela, ya voy.

Un gruñido confirmó lo que sospechábamos: había un monstruo en la habitación. Cuando nos percibió, comenzó a azotar la puerta. Saqué el cuchillo de caza del morral. Tuve que aprender a usarlo para defenderme de los muertos vivientes. Dos o tres puñaladas en la cabeza bastaban para dejarlos fuera de combate. Una mano gris atravesó la madera. Me preparé para clavar el cuchillo. Samuel retrocedió y ubicó la cabeza del monstruo. Disparó tres veces. Se derrumbó al otro lado de la puerta. Me acerqué a Samuel. Sudaba.

—Veamos qué hay adentro —dijo mientras recargaba el revólver con las manos temblorosas.

Empujamos la puerta con fuerza hasta abrirla. El olor a carroña se tornó más agresivo. La cama matrimonial estaba desordenada. En la pared colgaban viejas fotos familiares: Elizabeth y Manuela. Samuel y Manuela. Manuela. Elizabeth, Samuel y Manuela. Elizabeth y Samuel. El cadáver del monstruo permanecía sobre la alfombra.

—¿Manuela? —dijo Samuel.

Escuché un chillido que provenía del clóset. Samuel apuntó el arma hacia ese lugar y abrió lentamente la puerta corrediza. Escudriñó el interior. Había ropa de mujer, zapatos y carteras. Noté un bulto que se movía en la parte superior.

—Mire ahí, arriba. Algo se mueve —dije.

—¿Manuela? Soy papá, ya todo pasó.

El llanto invadió la habitación. El terrible, el triste, el doloroso llanto de la niña. Asomó su pequeña cabeza rubia y vi en su rostro el rostro de su madre. Samuel estiró los brazos y ella se lanzó. Lloraban. Recordé a Cabeza de Vaca. T adoraba las historias de perdedores. Volteé a mirar el cuerpo de Elizabeth convertida en monstruo. En medio de su putrefacción, noté algunos de los rasgos de la mujer que Samuel me describió. Supe del equilibrio frágil y provisional de la belleza clásica: Elizabeth era otra.


Envié a T la historia. «Las circunstancias actuales», dijo, «inevitablemente han transformado nuestra percepción estética. Los cíclopes se sorprendían de los seres que tenían dos ojos, nosotros nos maravillaríamos de criaturas con tres ojos. Cabeza de Vaca, por ejemplo, admiró la belleza de los indios, así a otros les parecieran feos.»

«No parece que haya tenido una vida muy heroica», repliqué en una nota.

«No importa», respondió en otra, «al igual que todos nosotros, que esta cultura y esta sociedad, fracasó.»

Ellas se están comiendo al gato

*Lo que más le preocupaba eran los zapatos. Eso*
*y qué comer. La comida, siempre la comida.*

Cormac McCarthy

Una tarde observé que una jovencita esculcaba los estantes vacíos de un supermercado. Le tomé, sin que se diera cuenta, unas fotografías. Cuando reparó en mí, se asustó y salió corriendo. Le grité que estuviera tranquila, que estaba solo, que no le quería hacer daño. Regresó empuñando una pala. Me levanté con las manos en alto y le dije mi nombre. Ella quería hablar y yo quería escucharla.

Me habló de sus padres. Los dos habían muerto. Primero su padre, de una enfermedad pulmonar. Después su madre, víctima de la mordedura de un monstruo. «Intentamos huir de la ciudad», contó Liliana, «y ella estaba muy débil para lograrlo.»

Cuando era niño crié un gallo que una Navidad terminó en el horno. Presencié su sacrificio: la señora que le ayudaba a cocinar a mi madre, una campesina enérgica, le torció el pescuezo, mientras el animal cacareó de dolor. Lo metió en una olla con agua caliente y luego lo desplumó. Fue la peor cena de mi vida. Luego tuve un pez naranja. Lo cuidé durante algunos meses. Un día, mi hermana echó en la pecera toda la comida del mes. Lo encontré flotando en el agua turbia, con la barriga inflada.

«La preparación de este guiso poco común parece bastante simple», decía el libro de recetas. «La carne de gato debe ser picada y freída hasta que esté dorada. A continuación, se le agregan hojas de yerbabuena, agua, sal y pimienta. Se recomienda dejarlo a fuego lento durante cinco horas y servirlo adornado con ciruelas y bayas de muérdago.»

«La abundancia de ratas», me contó Liliana, «causó que el gato de la familia engordara de tal manera que los últimos días casi no se movió del sofá, donde por más de siete años acostumbró a hacer largas siestas vespertinas. Cuando se acabaron las provisiones, mi padre hizo comentarios irónicos sobre la vida envidiable del gato. De nuestro gato. Sabíamos que la mayoría de los animales domésticos fueron devorados por los monstruos. Perros, gatos, vacas, caballos desaparecieron paulatinamente de las calles y establos. El gato, en cambio, estuvo a salvo hasta cuando percibió, o eso creímos, el sacrificio. Era un gato gris, de redondos ojos amarillos que brillaban en la penumbra.»

—No queda ni mierda qué comer —sentenció mi padre una mañana.

La única alternativa era huir. Tendríamos que decidirnos pronto. Aunque sin armas ni provisiones, las posibilidades de sobrevivir eran escasas.

—¿Huir a dónde? —preguntó mi madre.

Salir o regresar a casa, convertida en refugio permanente, representó un mayor peligro, pues debía recorrer grandes distancias para encontrar comida. No había víveres en las tiendas ni en los supermercados: ni granos ni harina ni sal. No hicimos caso a las autoridades cuando nos advirtieron que debíamos huir de la ciudad. Mi padre cayó enfermo, así que decidimos quedarnos hasta que se recuperara. Para lograrlo, necesitaba alimentarse. Inútilmente, exploré la zona cubriendo varios kilómetros a la redonda.


—David, así se llamaba el gato —dijo recogiéndose el pelo con las manos.

—¿De qué raza era? —pregunté.

—Era un gato criollo, muy cuidadoso. Cuando me ponía a trabajar, se paseaba por el escritorio sin tocar los papeles. Le gustaba caminar, escaleras abajo, pegado a las barandas y echarse sobre una estera ubicada frente a la puerta de la cocina. Allí estiraba las patas y apoyaba la cabeza en ellas.

—Tuve animales. Cuando era niño tuve un perro por unas horas. Una vez se puso juguetón con mi hermana, ella se asustó y lloró. Mi padre tuvo que devolverlo. También tuve un gallo.

—Qué triste… Cuando no quedó nada qué comer, mamá empezó a mirar al gato. Antes de que ocurriera lo llamaba David y era muy cariñosa con él. Cuando lo acariciaba, sus ojos se convertían en delgadas rayas amarillas que luego se cerraban. Era muy inteligente.


—Hay que comernos al gato —dijo mi madre un día, fastidiada.

David parecía escucharla y no se le acercaba. Cuando oía el ruido de sus pasos, se mantenía a prudente distancia. Se incorporaba y miraba hacia la cocina. Mi padre empeoraba cada día más, ya no se preocupaba por nada.

—¡Cómo se te ocurre que nos vamos a comer a David! —le grité a mi madre—. ¡Es un miembro más de la familia, sería canibalismo!

—¡Déjate de sentimentalismos Liliana! —dijo ella—. El gato ha sido tradicionalmente comida de pobres. Hay que ver las recetas que se pueden hacer con la carne de este animal: albóndigas, hamburguesas, guisos. Los gatos no tienen rostro.

—Eso es cruel.

Sin moverse de su lugar al lado de la puerta de la cocina, el gato dejó escapar un maullido.

—No, Liliana, es cultural. Los europeos, los asiáticos, los latinoamericanos, elaboraron recetas con la carne de este animal, aunque los especialistas fueron los chinos.

—Deja de decirme esas cosas, suena asqueroso.

—No es asqueroso. ¿Te imaginas la cantidad de gatos rondando por ahí? Liliana, es un asunto de supervivencia, ya no queda nada comestible en los alrededores, tu padre está muy mal.

El gato subió las escaleras para ocultarse en mi habitación.

—No creerás que voy a dejar que sacrifiques a David.

—Hija, David no es una persona, es un animal. A duras penas el hombre pudo legislar para que se respetara la vida y la dignidad de los seres humanos.

Faltó tiempo, Liliana, escúchame, faltó tiempo para que legislara a favor de los animales. Liliana, convéncete, los gatos no tienen derechos.

—Él tiene sentimientos, no puedes ser tan inhumana.

—Qué sentimientos ni qué nada. ¡Ahora no me vayas a salir también conque las plantas tienen derechos! No seas ridícula. Dime tú, entonces, qué vamos a comer.

—Saldré a buscar de nuevo.

—Tú misma dijiste que la comida escasea, que ya nada se consigue en ningún lugar.

—No al gato.

En la cocina, mamá buscó un recetario. Subí a mi habitación. Tendido sobre la cama, sus ojos amarillos brillaban en la semioscuridad. Bajé de nuevo a la sala. Mamá me mostró el viejo libro de cocina que contenía recetas de sopas y estofados hechos con carne de gato. Me senté en el sofá a llorar. Mamá dejó el libro sobre la mesa de centro. Ella había intentado preparar algunos trozos de una correa de cuero, pero nos fue imposible digerirlos. No quedaba un grano de arroz en la casa ni en el vecindario ni en la ciudad. La verdad es que teníamos mucha hambre.

Papá estaba enfermo.

Tomé el libro. Se titulaba *Recetas con carne de gato*. La introducción resumía brevemente los manjares preparados en el mundo con la carne de este felino: en ciertas provincias de China se consumía carne de gato durante el invierno en forma de *hot pot*. Cocinada en un caldo vertido en caldero puesto en el centro de una mesa. En Corea utilizaban la carne hervida como tónico. En ciertas zonas de Río de Janeiro era común el *churrasquinho* de gato. En un pueblo al sur del Perú existía un festival gastronómico del gato en el que consumían la carne del animal, criado para el consumo humano. Lo preparaban al huacatay. En Argentina, durante épocas de crisis, los habitantes de algunas provincias se alimentaron de gatos. En Europa, los campesinos suizos acostumbraban comerse a esta mascota adobada con tomillo. O la aderezaban con especias y sal, la dejaban conservar durante un par de semanas y luego la asaban en el fuego de la chimenea. En ciertas regiones de España era común el guisado de gato. En el siglo XVI, un catalán llamado Rupert de Nola incluyó en su *Libro de guisados, manjares y potajes*, una receta para prepararlo. En 1970, en Gran Bretaña, un glotón británico devoró vivo, en una taberna de Windsor, un gato de nueve libras para diversión de la concurrencia. En Australia, ciertos grupos indígenas preparaban estofado de gato montés.

Fui al baño a vomitar, aunque sólo sentía náuseas. Cuando salí, creí escuchar el lastimero maullido de David.

Leí una receta:

Gato al huacatay

*Ingredientes:*
1 gato despresado
5 cucharadas de aceite
1 cebolla finamente picada
1 cebolla grande picada en trozos grandes
2 cucharadas de ajos enteros
5 ajíes frescos cortados en tiras
1 rama de huacatay
1/2 taza de maní tostado
1/3 de taza de queso fresco en trozos
3 galletas de vainilla molidas
Sal
Pimienta
Yucas o papas cocidas para acompañar
1 taza de caldo de pollo

*Preparación:*
Cocinar las presas del gato en agua hasta que estén tiernas. Verter 3 cucharadas de aceite en una sartén, agregar la cebolla finamente picada

y freír junto con los ajos, el ají y el huacatay. Sazonar, agregar el maní, el queso fresco y las galletas molidas. Colocar todo en la licuadora con un poco de caldo de pollo y licuar hasta formar una salsa suave. Calentar 2 cucharadas de aceite en una olla y freír la cebolla picada en trozos grandes. Acomodar en la olla la carne de gato cocida y dorarla. Agregar la salsa licuada y cocinar a fuego lento durante 5 minutos aproximadamente. Servir con yuca o papa cocida.

Dejé el libro sobre la mesa. Estaba asqueada. Mamá me había estado observando durante un buen un rato. Se acercó, me abrazó y sentí sus huesos duros y fríos. Estaba pálida, triste.

Los maullidos del gato se hicieron más lúgubres. Se detuvo en uno de los peldaños de la escalera. Sus ojos amarillos me miraban fijamente.

—Los tiempos han cambiado, hija —dijo—. Quizá ya estamos muertas. ¿Crees que quiero comerme a David? ¿Hay alguna esperanza?


Mi padre murió al día siguiente.

Como nos enseñaron en un curso de supervivencia, le cortamos la cabeza para evitar que se transformara en uno de esos engendros y lo enterramos en el patio. Mi madre hizo todo el trabajo. Rezamos un Padre Nuestro y nos abrazamos.

Estábamos demasiado débiles. Una tarde vi rondar a David por la casa y tenderse en el sofá a tomar el sol. Nada le importaba, nada le preocupaba, nada temía. Mamá y yo queríamos huir al sur, a Tierra del Fuego, donde creíamos que vivía la mayoría de los supervivientes. Necesitábamos fuerzas para arrancar.

Una mañana sostuve a David en mis brazos. Estuve contemplándolo un largo rato, mientras se acicalaba el pelo con la lengua. Era un animal dulce, inofensivo y juguetón. Le gustaba corretear tras una pelota de goma. Dormía conmigo, acurrucado en mi vientre. Era reservado, cauteloso y delicado. Lo acaricié toda esa mañana.


—¿Por eso estás aquí?

—Él me salvó la vida. No sé si hubiera sobrevivido sin mi ayuda. Ahora lo llevo dentro de mí.

—Quizá lo liberaste.

—Es posible, pero me siento cruel.

—Y qué, es nuestra condición. Lo dijo la gran poeta K. de Waard: «El hombre es el más cruel de todos los animales».

Cuando le envié la historia a T, respondió en un mensaje:

«Los límites morales entre los monstruos y los seres humanos son imprecisos. A veces, un monstruo cree actuar como un ser humano. A veces, un ser humano cree actuar como un monstruo. Ya lo dijo Drácula: ¡*Ratas, ratas, ratas*! *Cientos, miles, millones de ellas… y cada una, una vida; y perros, para comerlos, y también gatos. ¡Todos vivos! ¡Y todos ellos repletos de sangre roja, de años de vida! ¡Y no meras moscas zumbonas!*

»¡Buen provecho!

»T.»

Tiempo después, volvería a encontrarme con Liliana.

¿Por qué todo el mundo dice que los zombis comen cerebros?

*Todos estamos infectados.*

The Walking Dead

Una mañana, mientras recorría la ciudad en busca de otras historias, entré en una droguería con la esperanza de encontrar analgésicos. El dolor de cabeza no me dejaba pensar con claridad. Estaba dispuesto a entregar todas mis posesiones por un ibuprofeno. Esculcaba los cajones, iluminando el interior con la linterna, cuando apareció un horrible zombi. Vestía una bata blanca y le colgaban unos anteojos, supuse que era el farmaceuta. Abrí el morral y empuñé el martillo. Dejé que se me acercara un poco más y le asesté varios golpes en la cabeza. Escuché quebrarse el cráneo podrido. Cayó al suelo. Una masa encefálica verde ensució el piso. Limpié el martillo con un borde de la bata y lo guardé de nuevo en el morral. Seguí buscando. No encontré el analgésico, en cambio, reconocí un frasco de Dolex pediátrico. Bebí un cuarto del líquido rojo y amargo de la botellita. Recordé que mi madre me lo daba cuando estaba enfermo. Recordé también la conversación que sostuve meses atrás con el director de uno de los laboratorios farmacéuticos más grandes del país, Laboratorios Z. Salí a la calle. El dolor de cabeza había desaparecido.

Las relaciones entre ciencia, negocios y política suelen ser complejas. Cuando Josefina Barrenechea, la científica rebelde más importante de este país, se disponía a explicar de una manera simple, mas no obvia, el conjunto de fenómenos complicados y diversos que ocurrían durante la transformación de un muerto en un engendro, lo que hubiera posibilitado la obtención de una vacuna eficaz contra la epidemia, desapareció.

En un artículo publicado en *Lancet* una década atrás, la doctora Barrenechea afirmó que los estudios moleculares mostraban la supuesta presencia de genes del virus Z en los fluidos corporales de los monstruos. El método usado detectaba el ADN y el virus Z estaba compuesto de ARN. Por tanto, los resultados presentados por Londoño en *Science* por esa misma época eran falsos. A pesar de las evidencias, Londoño, con una larga historia de fraude, no fue despedido de su cargo en Laboratorios Z y continuó con su investigación hasta que ya fue tarde para todos.

Hubo una época en que los habitantes de este país nos jactábamos de que teníamos una de las democracias más estables del continente. Lo cual, según T, fue una gran mentira, pues detrás de esa amable figura política se ocultó la dictadura de unas cuantas familias que heredaron, generación tras generación, el poder y los privilegios. T decía que el exguerrillero que llegó a la presidencia fue una especie de milagro político, aunque no lo dejaron hacer gran cosa. Que el último mandatario, luego de la hecatombe, dejó de aparecer en la pantalla plana. Que cuando se cortaron las comunicaciones, no se volvió a saber nada de él. Por un lado, muchas regiones aprovecharon el caos para independizarse. De nada les sirvió. Por el otro, parece que el verdadero poder lo tuvieron los empresarios.

Todos fracasaron.

Lázaro Londoño se creía un científico puro, un Louis Pasteur. Él solía decir que en las circunstancias actuales era importante mantener viva la figura política del presidente, para que guiara a su pueblo. Que el apellido Barreras sostenía, como un respaldo simbólico, la tradición política más significativa del siglo XXI. Lo cual, al parecer de T, era otra gran mentira. Tanto a los políticos como a los hombres de ciencia, semejantes a Londoño, sólo les interesaban los negocios. Pero el virus les arruinó el sueño. Fue Barreras quien nombró a Londoño director de Laboratorios Z. Sin embargo, una vacuna contra el virus Z era lo menos rentable que alguien podía inventarse y Josefina Barrenechea lo sabía. Quizás por eso desapareció, porque descubrió la farsa.

Meses después de que T me sugiriera visitar Laboratorios Z, una de las últimas instituciones que se resistió a desaparecer, recibí un mensaje: «Lázaro Londoño te espera en su laboratorio cuando puedas llegar. T».

El laboratorio era un edificio blanco construido a mediados del siglo XXI cerca del aeropuerto. Allí se había creado por fin la vacuna contra la malaria. Cuando se supo del virus Z, los científicos comenzaron a trabajar en otra vacuna. Paradójicamente, si lo hubieran logrado, no había a quién vacunar. La mayoría de la gente había muerto, se había transformado o había huido al sur. Sin embargo, Lázaro Londoño se mantuvo firme en su propósito de crear la vacuna, hasta el final. El laboratorio era como un puente en el desierto.

Recordé una frase que a mi abuelo le gustaba citar: «Si se extinguieran todas las especies vivas que conocemos, animales y vegetales, pero sobrevive un virus, triunfa la vida». Ingresé en el edificio de Laboratorios Z: una mole rodeada de altos muros de hormigón, vigilada por cámaras de seguridad y hombres armados. A la entrada me recibió una joven particularmente atractiva aunque no hermosa, vestida con una bata blanca de laboratorio que tenía grabado en el bolsillo su nombre: «Dra. Patricia Hernández». Antes de ingresar, me registré en una ventanilla y dejé un documento de identidad. El vidrio opaco, blindado, me impedía ver quién estaba al otro lado. Sólo escuchaba una voz amable solicitándome mi nombre. Luego me entregó una tarjeta electrónica con un código que me permitía acceder al pasillo del edificio. Allí, un par de guardias me requisaron. Pasé por un escáner y me tomaron una fotografía. La doctora Hernández sonreía todo el tiempo, amigablemente, como si el ritual fuera la cosa más agradable. Me sentía extraño. Afuera el mundo se había acabado, pero dentro del edificio las personas seguían actuando como si nada hubiera ocurrido.

—Sígame por aquí, por favor —dijo ella.

Usó su tarjeta electrónica para abrir una serie de tres puertas blindadas que desembocaban en una habitación donde se encontraba otro guardia y había otras tres puertas. Era ridículo. Aparte de mí, ¿quién más querría entrar en el edificio?

—Antes de que ingrese en el laboratorio es importante que siga al pie de la letra el protocolo —dijo la doctora—. La habitación de la derecha es un baño. Quítese la ropa y empáquela en una de las bolsas que encontrará en los estantes. Dúchese y póngase el overol naranja que está colgado en la pared. Use el gorro, los guantes y la mascarilla.

¿Había agua? Esto era lo más extraño que había ocurrido desde que me propuse escribir estas historias. Sólo faltaba que me dieran comida caliente y whisky escocés.

Hice todo lo que me pidió como si estuviera representado un papel. ¿Acaso no estaban enterados de las noticias? El baño olía a antiséptico. La ducha fue breve. Una serie de chorros de vapor de agua disparados por unos orificios localizados en las paredes, el piso y el techo, me impactaron en todo el cuerpo. Agradecí el baño. Hacía varios meses que no me daba uno. Me puse un overol naranja y me calcé unas botas de caucho.

—Por favor, cuélguese la ficha de identificación. Recuerde que no puede hacer grabaciones ni tomar fotografías. El doctor Londoño lo está esperando en su oficina —dijo la doctora.

Lamenté que no me dejaran fotografiar el último día de vida de ese laboratorio. Cuando estuve listo, el guardia insertó su tarjeta electrónica en una ranura y la puerta se abrió. El ascensor descendió al fondo de la tierra.

—Creía que esto sólo pasaba en las películas —dije tratando de parecer divertido.

La doctora Hernández mantuvo su actitud flemática hasta que el ascensor se detuvo en el piso G. Cuando las puertas se abrieron, me encontré dentro de unas oficinas de paredes blancas, bastante iluminadas, asépticas, con muebles de aluminio. Seguí a la doctora Hernández por un corredor hasta otra oficina ubicada al fondo. Insertó su tarjeta y la puerta se abrió. Lázaro Londoño, sentado en una cómoda silla de cuero, miraba una pecera.

—Siga, lo esperaba —dijo sin mirarme—, ¿le gustan los animales? Patricia, ya puedes dejarnos.

—Si se le ofrece algo, doctor…

—Por ahora no, gracias, Patricia…, ¿y en qué puedo ayudarle? —dijo dándose la vuelta y mirándome a los ojos.

En la pared, detrás del escritorio, colgaba una enorme fotografía de un personaje que me resultaba familiar.

—Ese es mi abuelo, el padre de la investigación en este país. ¿Le gusta la ciencia? ¿Sabe que somos pioneros en la fabricación de vacunas sintéticas? ¿Sabe que resolvimos el tema de la malaria? Bueno, quítese esa máscara, así no creo que podamos entendernos.

Cuando me la quité, sudaba.

—¿Qué tan adelantada está la vacuna contra el virus Z? —pregunté.

—¿Se toma algo?, ¿un café, un whisky? —dijo aclarándose la voz—. Bien, pues ya sabemos que el virus Z está compuesto de ARN.

¿Café?, ¿whisky? Esto era el paraíso. Abrió uno de los cajones del escritorio de aluminio, sacó una botella de escocés, cogió dos vasos desechables y vertió un trago en cada uno.

—Tome —dijo alcanzándome el vaso—, le ayudará a digerir lo que va a ver. Es la última botella que queda. De nada sirve lo que yo le diga, ¿sabe usted algo sobre los virus?, bueno tampoco se le puede exigir tanto a un periodista. Acompáñeme.

Lázaro Londoño se bebió el trago, arrugó el vaso y lo arrojó en una canasta. Dejé el mío a medio empezar sobre el escritorio. Salimos de su oficina, atravesamos el corredor y entramos a un laboratorio de investigación. Agachados sobre una mesa, dos científicos flacos y silenciosos analizaban unas muestras en unos microscopios. En otra, otro científico tan delgado como los demás, miraba una fotografía.

—Esos dos de allá —dijo Londoño señalando a los de la derecha— examinan los tejidos, las células de los monstruos y toman una serie de micrografías. Este de acá analiza las imágenes. Sigamos.

Pasamos a una sala en donde había unas jaulas de vidrio. Observé una: un ratón se lanzó contra la pared de cristal para intentar morderme. Para ser tan pequeño era verdaderamente monstruoso. En otra jaula un mono devoraba una rata de laboratorio. Cuando quise acercarme volteó la cabeza y abrió las fauces ensangrentadas. El color de su piel no era normal, como el de los monos que había visto en el zoológico, sino verdoso.

—No se asuste, sólo está protegiendo su desayuno.

—¿Cómo se financiaba la investigación? —pregunté.

—Los recursos del laboratorio —dijo mirándome a la cara— eran mixtos. Una parte los proporcionaba el Estado y el resto los aportaba la empresa privada. ¿Conoce al empresario Jorge Ramírez de Z Asesores? Este gran emprendedor era uno de nuestros benefactores. No me puedo quejar, el gobierno fue tan generoso que el mismísimo presidente Barreras inauguró el laboratorio.

Mientras lo escuchaba, noté que Londoño tenía el tufo de alguien que se ha bebido por lo menos dos botellas de whisky, solo. A pesar de lo que me decía, el edificio parecía un inmenso hospital deshabitado. Un pelagato tratando de dilucidar el secreto de la genética de los muertos vivientes, pensé, no hace ciencia. En el lugar hacían falta por lo menos doscientos científicos.

—¿Qué ocurrió con la investigación de la doctora Barrenechea? Parece que estaba muy avanzada —pregunté.

—No sabemos. Es una lástima que no continuara con sus investigaciones. Nosotros estamos probando diferentes métodos para obtener mejores resultados. Pero no le puedo revelar secretos científicos. Le estoy mostrando, mi querido periodista, ¿todavía hay periodistas?, que aún estamos trabajando para el país.

—Doctor Londoño, ¿en cuánto tiempo cree usted que tendrá una vacuna para combatir el virus Z?

—Mire, los resultados de la ciencia no son como los de una carrera de caballos. Todo se toma su tiempo. Lo que sí le puedo asegurar es que más temprano que tarde, el mundo tendrá la vacuna. Venga, le muestro.

Me llevó hasta una puerta y me invitó a mirar a través del vidrio. Una mujer vestida con un traje de color blanco y un tapabocas manipulaba un frasco.

—Aquí se está creando la vacuna —dijo—. Por obvias razones, no lo puedo dejar entrar. Cualquier alteración en la atmósfera, una bacteria, en fin, una mota de polvo, podría modificar los resultados.

—¿Cuál es el origen de la infección?

—Trataré de explicárselo de una forma sencilla.

Cuando una persona se infecta, el virus Z viaja por el torrente sanguíneo, desde que entra al cuerpo por una herida hasta el cerebro. No hemos llegado a comprender del todo cómo es que el virus ataca a las células del lóbulo frontal, se replica y las destruye. Pero durante el proceso cesan todas las funciones del cuerpo. Cuando el corazón se detiene, se da por muerta a la persona infectada. El cerebro continúa vivo pero inactivo, mientras tanto, el virus ha creado unas células mutantes, convirtiéndolas en un órgano completamente nuevo que no necesita de oxígeno para existir.

—Esto es una pesadilla, ¿cierto?, ¿trabaja con engendros de verdad?

—Experimentamos con podridos reales —respondió animado—, pero es peligroso pasearlos por ahí. Por eso los mantenemos aislados en cuartos especiales.

—¿Los puedo ver?

—Oh, por supuesto. A pesar de todo, esto sigue siendo una institución pública —y agregó—: no lo puedo acompañar más, tengo que verificar unos resultados que están por salir. Le diré a Patricia que lo haga.

Regresamos a su oficina. Me bebí el whisky como si fuera un condenado a muerte y esperé a Patricia. Le agradecí al científico por su tiempo y me metí de nuevo en el ascensor.

—¿Todo en orden? —preguntó la doctora Hernández.

—Sí, doctora, pero ahora sólo quiero ver los especímenes que utilizan para hacer los experimentos.

El ascensor se detuvo en el piso D y un guardia abrió otra puerta. La doctora Hernández me guió por otro corredor hasta una habitación de techos altos en donde había una serie de celdas protegidas con vidrios blindados y rejas de acero.

—Aquí están los especímenes. Tenemos siete, ni más ni menos.

Me asomé en cada una de las celdas numeradas del uno al siete. Las fichas técnicas decían simplemente: «escritor, 46 años», «periodista, 49 años», «político, 63 años», «modelo, 25 años», «ministra, 59 años», «mujer sin identificar, edad indeterminada» y «presentadora de televisión, 28 años». No obstante, los mismos rostros descompuestos, la misma carne hecha jirones, seguramente el mismo olor a carne podrida. El monstruo de la celda seis me llamó la atención. Aunque estaba putrefacto, sus facciones me eran familiares.

—¿De qué se alimentan?

—No los alimentamos —respondió la doctora.

—¿Le importa si le hago otra pregunta?

—Adelante, hágala.

—Bueno, es que creo que el doctor Londoño estaba un poco bebido, ¿lo dejan trabajar así?

—¿Bebido? No me pareció.

—Doctora Hernández, pero me ofreció whisky, eso no es normal. Además, ¿cómo se mantiene este edificio? Afuera sólo existe el caos. Aquí hay energía, agua, guardias, ¿qué ocultan?

—¿Qué quiere probar? ¿Qué el doctor Londoño es un borracho? ¿Y para qué? ¿A quién le va a importar? ¿Sabe qué va a pasar con este laboratorio? Va a desaparecer, así como lo oye. Agradezca que el doctor fue generoso con usted y le ofreció ese whisky, porque tal vez sea el último que saboree. Aquí hicimos todo lo que pudimos, pero el combustible que alimenta la planta generadora de energía se agota. Esta noche o a más tardar mañana, no sabemos, todo esto se apagará. Así que no tenemos nada que ocultar. Si supiera cómo es trabajar entre estas cuatro paredes las veinticuatro horas del día, lo entendería. Fracasamos. El doctor, yo, los demás científicos. La mayoría de ellos huyó. Los que nos quedamos creímos ingenuamente que podíamos lograrlo. Que obtendríamos una vacuna a tiempo, pero el laboratorio únicamente produjo placebos. Los métodos que utilizamos no funcionaron. Para colmo —dijo desilusionada—, el virus Z se resiste a todo. ¿Cómo quiere que no esté borracho? No me joda.

Cuando salí del edificio, tenía las ideas revueltas en la cabeza. La doctora Hernández cerró la puerta detrás de mí sin despedirse. Pensé en el cadáver viviente de la celda seis, rotulado «mujer sin identificar». ¿A quién me recordaba?

Con la paloma, le envié a T un papel en el que le conté la impresión que me causó el laboratorio y lo familiar que se me hizo uno de los engendros que tenían allí encerrados. «¿Estás seguro de que se trata de Josefina Barrenechea?», me escribió en otro papel. «Estaba un poco descompuesta, pero creo que se le parecía», le respondí. «Sin pruebas no lo sabremos nunca», dijo T. Luego le escribí un mensaje largo contándole detalladamente de los siete zombis encerrados en los sótanos de Laboratorios Z, de la doctora Hernández, que reveló que no habían descubierto nada importante, y de Lázaro Londoño, un borracho desilusionado de la investigación que agotó recursos públicos y privados para mantener viva su megalomanía de hombre de ciencia. Sentí lástima por Londoño. Quince años de investigación y el virus Z se resistía a todo.

Me pasé semanas buscando en viejos periódicos una foto de Josefina Barrenechea. Varias imágenes me confirmaron que, en efecto, el monstruo que vi en la celda seis era ella. Sentí náuseas y odié a Lázaro Londoño. Me di cuenta de que él no era diferente de ese otro mercachifle que se aprovechó, en los comienzos de la hecatombe, de la presencia de los muertos vivientes: Jorge Ramírez, el presidente de la desaparecida empresa de eliminación Z Asesores.

# Las gafas *vintage* de George Romero

*Cuando naces en Pittsburgh, una de las cosas que quieres ser cuando seas grande es un zombi en una película de George Romero... Así que nunca hubo una escasez de zombis.*

Tom Savini

La tarjeta de presentación decía:

**Z ASESORES**
Líderes en eliminación

JORGE RAMÍREZ
Presidente

Animero graduado en Los Andes
*jorgeramirez@zmail.com*

T me la envió para que me diera cuenta de todo lo que generó el apocalipsis zombi.

No entendía por qué en el país no había zombis, abundando los muertos. El descubrimiento lo hicieron, muchos años atrás, unos muchachos de la

Universidad de Oxford dedicados a investigar lo que en ese entonces se consideró una banalidad. Fueron candidatos al Premio Nobel de la Paz por haber alertado al mundo, con anticipación, sobre un eventual apocalipsis zombi. Los resultados de la investigación permitieron, cito textualmente: *offer an early warning into the geographies of the impending zombie apocalypse.*

Estos científicos construyeron, con ayuda de un programa informático, un mapa que revelaba que la mayor concentración de zombis en el mundo se encontraba en los países de habla inglesa (ahora, si se buscaba en Google la palabra *zombie* en inglés, uno se encontraba con más de trescientos millones de resultados; en cambio, en español la palabra zombi no superaba los trece millones de entradas).

Con base en esta investigación, el Gobierno de turno dedujo que era improbable, si no imposible, que ocurriera un apocalipsis zombi en el país. El ministro de Salud dijo que el virus estaba controlado y que un importante laboratorio farmacéutico desarrollaba una vacuna; la ministra de Comunicaciones informó que se transmitieron mensajes preventivos a todos los pueblos y ciudades; la ministra de Educación declaró que se destinaron recursos para que desde la educación primaria se enseñara a los niños a defenderse de los muertos vivientes.

Todos se equivocaron.

Aparte de unos cuantos mensajes televisados en los que le daban a la gente instrucciones generales sobre cómo sobrevivir en caso de un hecatombe mutante, nunca nos preparamos para nada. La mayoría de la población cometió los errores más estúpidos: caminar en vez de correr, hacer ruidos innecesarios, ocultarse en sus casas sin armas ni provisiones.

En medio de la catástrofe, una orden presidencial prohibió la palabra zombi en todos los contenidos culturales del país. Los creadores tuvieron que recurrir a eufemismos para referirse a ellos: «almas en pena», «migrantes» o a veces, sencillamente, «caminantes». Llamarlos podridos, monstruos, zombis o usar palabras que indicaran ausencia de vida era políticamente peligroso. Como si al cambiar una palabra espontáneamente se transformara la realidad.


T dijo que durante mucho tiempo el tema estuvo vetado para el periodismo, el cine y la literatura del país. «Si llegábamos a mencionar la existencia de zombis», escribió, «podíamos meternos en líos con el Gobierno.» Su respuesta me pareció una frase de cajón, sabía que el periodismo era un trabajo difícil, riesgoso y sin paga, pero valía la pena.

El virus se había encargado de destruir a casi la mayoría de las instituciones. Los hospitales, cuarteles y universidades eran cascarones sin vida. El poder económico lo alcanzaron a ejercer empresas encargadas de buscar, matar y limpiar zonas invadidas por la plaga de zombis. Hubo compañías dedicadas al negocio de los muertos vivientes y se publicaron libros y cómics hasta de los animeros de Puerto Berrío, que se habían convertido en los nuevos emprendedores del país.

No sabía quién era Jorge Ramírez, hasta que T me habló de este personaje.

Hubiera titulado esta historia «El clon de George Romero», si una reconocida novelista no hubiera publicado, unos años atrás, un libro con el mismo nombre, basado en la vida de Ramírez.

Jorge Ramírez fue un empresario exitoso, animero graduado en Los Andes, presidente de Z Asesores, «líderes en eliminación», y director aficionado de películas de muertos vivientes. Fue de los pocos hombres de negocios que aprovecharon la hecatombe para filmar videos utilizando actores naturales. «Lo de sacar a pasear a las almas lo heredé de mi abuelo», dijo en su búnker antizombi del norte de la ciudad. Cuando se hizo millonario se dedicó a producir cine y cómics de zombis, porque «al fin el país se abrió a la cultura *pop*». Cuando la epidemia aumentó, no huyó como el resto de los habitantes, sino que se quedó a enfrentarlos, oliéndose el *business*. Ramírez regresó al pueblo, sobrevivió al virus Z y enfrentó a los muertos vivientes. Montó una empresa dedicada a cazarlos. Aunque todo fue inútil. Su ídolo, es de suponer, era la leyenda del cine George Romero.

—Hubo una época —dijo Ramírez— en que los empresarios de este país se enriquecieron con el café, el petróleo, el carbón, las esmeraldas, la cerveza, la cocaína y las gaseosas. Yo lo hice con los muertos, antes de que todo se fuera a la mierda. Todavía sé trabajar con ellos, por eso la gente confía en mí. Antes usaba capa y sombrero, como homenaje a mi abuelo, y rezaba Padrenuestros para que las almas en pena descansaran en paz. Cuando empezó la plaga, cambié de atuendo y de rezos. Yo arranqué en mi pueblo. Con un machete y con esa camioneta que usted ve ahí (una vieja Toyota 4x4 recubierta con placas de metal, soldadas) inicié mi negocio. Nunca les he tenido miedo a los muertos. En vista de que no podía regresarlos a las tumbas como antes, me tocó aprender la forma de volverlos a matar. Fue cuando el gobierno popularizó las películas y novelas de zombis para que supiéramos identificarlos. Ahí se pusieron de moda. Sabíamos que tocaba rajarles el cráneo de un machetazo para matarlos. Éramos un país de cobardes, casi nadie se les enfrentó. Por eso me fue bien en la empresa. Cuando los muertos eran sólo

107

espíritu bastaba con rezarles y regresarlos a la tumba. En eso, el duro fue mi abuelo. Cuando empezaron a levantarse, busqué armas y me vestí como George Romero. Quería parecerme al hombre que el país idolatraba. Lo último que conseguí fueron las gafas.

—¿Era un negocio rentable?

—Cuando arrancamos, eliminábamos de quinientas a mil almas en pena. Eso fue el primer año. Es que mis hombres y yo sólo usábamos machetes. Luego, cuando ganamos la primera licitación del gobierno nos instalamos en la ciudad, compramos armas más sofisticadas, fusiles, motosierras, y se aumentó la eliminación a tres mil. Fuimos una empresa que llegó a certificar la eliminación de más de cincuenta mil muertos vivientes al año. Viejas épocas.

—¿Cuántos muertos vivientes calcula que existen actualmente en el país?

—Había diferentes tipos de mediciones. Según unas estadísticas del DANE de hace unos años, ahora ya no hay quien haga ese trabajo, quedaban entre treinta y cuarenta millones de zombis —dijo esta última palabra en voz baja. Aún guardaba el pudor con el lenguaje de la época de Barreras.

—¿Por qué financió la publicación de cómics?

—Desde que el gobierno eximió de impuestos a todas estas publicaciones, por fin se pudo disfrutar de una cultura popular masiva. Así que me puse en la tarea de conseguir escritores y dibujantes. Ese fue otro buen negocio.

—¿Y cuándo comenzó a filmar las películas?

—Al principio, un sobrino me ayudaba a arreglar a los muertos. Inició grabando con la camarita del celular y colgaba los videos en Internet. Mis dos hijos se unieron al negocio, a mi esposa por desgracia… en fin. La cosa se puso complicada en mi pueblo porque comenzaron a aparecer muertos por todos lados, inclusive de gente que se creía desaparecida. Con decirle que del río empezaron a salir torsos con la sola cabeza. Entonces comencé a cobrar por eliminarlos.

Ramírez me mostró una foto de Romero y asentí. La leyenda del cine de serie B usaba cola de caballo y enormes gafas de marco negro.

—¿Cómo las consiguió?

«¡Alma a la vista!», gritó alguien desde un puesto de observación en la terraza de hormigón del búnker.

—¿Quiere ver cómo lo hacemos? —preguntó mientras subíamos por unas escaleras.

A unos setenta metros, se acercaba un muerto viviente. Desde la terraza, un muchacho comenzó a filmarlo con una cámara digital.

—Por este barrio ya casi no hay, de vez en cuando aparece uno que otro —dijo, apuntándole al engendro con un fusil dotado de mira telescópica.

Antes de dispararle, se abrió una puerta y una camioneta salió del edificio. Se bajaron tres hombres vestidos con trajes amarillos de kevlar, uno de ellos sostenía una cámara de video y, el otro, una motosierra. Después de diez minutos de grabación, los hombres se alejaron del muerto. Ramírez disparó. El hombre de la motosierra ejecutó su trabajo limpiamente. En menos de un minuto descuartizó al zombi. El tercero recogió los restos con ayuda de una pala y los puso en una bolsa plástica negra. Todo esto fue filmado por los camarógrafos. Finalmente, se montaron en la camioneta y fueron hasta otro edificio situado a doscientos metros del búnker.

—Tenemos nuestro propio incinerador —dijo Ramírez sacando pecho—. Ya no nos arriesgamos tanto. Perdimos muchos empleados por inexperiencia. Con el tiempo la compañía se consolidó y hasta subcontratábamos a pequeñas empresas para que se encargaran de la cacería y la limpieza. Aquí mismo editábamos las películas —continuó, mostrándome una pequeña sala con computadores Mac obsoletos—. No se desperdiciaba nada. Éramos todos unos profesionales.

—¿Y las gafas?

—Ah, lo de las gafas es sencillo, señor periodista —dijo Ramírez—. Las robé de una óptica abandonada. Hasta les traje gafas de sol a los muchachos.

—Son muy parecidas a las de Romero.

—Valió la pena, ¿no cree? Pensé que los periodistas lo sabían todo, ¿es que ya no enseñan nada en la universidad?

Antes de despedirse, Ramírez me entregó su tarjeta de presentación. Cuando caminaba hacia la salida, escuché unos gemidos que provenían de una habitación cerrada con una puerta metálica.

—¿Qué hay en esa habitación?

—Bueno, imagino que todavía se estila en el periodismo la información *off the record*. Así que no le voy a andar con rodeos: en ese cuarto vive mi mujer. Hace un año que la mordió una de esas cosas y cuando se transformó, en vez de cortarle la cabeza, la encerré allí. No fui capaz de matarla de verdad, ya sabe cómo es el amor. Sólo espero que las donaciones que hice alguna vez al laboratorio de Londoño generen beneficios pronto. Si no, todo se irá al carajo.

Me asomé por la ventana de vidrio blindado y me asusté. La mujer de Ramírez era un cadáver viviente. No quise preguntar cómo la alimentaba.

—¿Cree usted que una vacuna...?

—¡Imagínese el negocio...! Bueno, si necesita más información, señor, visíteme de nuevo.

De la conversación con Ramírez quedó algo claro: que el gobierno siempre negó que en el país hubiera mutantes.

Le envié la historia a T en varias entregas. Dijo que le hiciera un par de correcciones a la sintaxis de un par de frases, mejorara la puntuación del tercer párrafo y cambiara el título (me sugirió «De animero a mercenario»).

# Sesenta segundos de trillado expresionismo

*El arte moderno es una pérdida de tiempo. Cuando aparecen los zombis no puedes preocuparte por el arte. El arte es para la gente a la que no le preocupan los zombis.*

Kelly Link

Cuando le escribí a T contándole de la entrevista con mi amigo Martín Gómez, un artista loco que adoraba a un monstruo, respondió que no me preocupara: todos estábamos jodidos. Me recordó que hubo hombres que se enamoraron de imágenes en vez de enamorarse de mujeres reales. Hombres que se obsesionaron con retratos, pinturas y películas en las que ellas aparecían. Hombres que acariciaron estatuas y huyeron con maniquíes. Que durmieron con sus amantes muertas.

Cuando pude llegar al municipio de Chía, Cundinamarca, advertí que ya no existían restaurantes ni condominios, como en otras épocas. Las inundaciones provocadas por el desbordamiento del río Bogotá, durante el Gran Aguacero, hicieron que el pueblo desapareciera. Sin embargo, aún quedaban en pie algunas edificaciones construidas en la parte alta. La casa donde los fines de semana solía descansar el pintor Martín Gómez, un viejo amigo de la universidad, estaba ubicada en un terreno de unas tres hectáreas rodeado de pasto y cercado por un muro de alambre de púas de dos metros de alto. Cuando entré a su casa, buscando agua y comida, lo encontré sentado sobre un banco de madera oteando el horizonte. Inmediatamente me reconoció y me invitó a seguir.

No recuerdo el nombre de mis vecinos, excepto el de Verónica —me contó Martín—. De hecho, los traté pocas veces. La única manera de encontrármelos era en el ascensor y allí todos tratábamos de evitarnos. Al único que conocí fue a mi vecino del piso de abajo. Todo porque una noche se reventó uno de los tubos del calentador de mi apartamento e inundó su piso. Recuerdo que me despertó pasada la medianoche. Me levanté asustado, me puse la bata levantadora y observé a través de la mirilla. Allí estaba el anciano, también en bata. Abrí la puerta con desgano y cierta rabia. Me habló de la inundación. Le dije que cerraría el registro y en la mañana llamaría a un plomero para que arreglara el daño. Insistió en que lo acompañara hasta su piso para que viera «con mis propios ojos» el daño. Le dije que no era necesario, que tenía mucho sueño y debía madrugar. El viejo fue tan obstinado que lo acompañé. Cuando entré a su apartamento una mujer gorda trapeaba el piso de la cocina. Farfullé un saludo y la mujer me miró con odio. Gritó que ellos se iban al otro día para Miami a donde su hija y que justo les había ocurrido «esto». Me disculpé y les dije que lo arreglaría en la mañana. Me obligaron a ir hasta el cuarto de ropas para que viera la filtración. El agua había dañado la pintura.

Mientras Martín monologaba, recorrí la sala. En las paredes tenía colgados los cuadros con la imagen de lo que pudo haber sido una mujer, aunque transformada. Tenía una serie de retratos horribles y otra de desnudos semejantes. Allí, un pie con la carne hecha jirones, allá un seno podrido, acá una cabeza ensangrentada.

—¿Quién era ella?

—Dirá mejor, ¿quién es ella? Se trata de Verónica, es una larga historia. Cuando huí del edificio, no sabía dónde refugiarme. ¿Qué le parecen?

—Bueno, son un poco terribles.

—Dígalo, diga que son enfermizos, violentos, quizás hasta un tanto, ¿expresionistas? Recuerde lo

que decía Voltaire: «Preguntad a un sapo qué es la belleza. Os responderá que la belleza la encarna la hembra de su especie, con sus hermosos ojos redondos que resaltan de su pequeña cabeza, boca ancha y aplastada, vientre amarillo y dorso oscuro».
Lo escuché en silencio.


La mujer gimoteaba no sé qué cosas, mientras el viejo me explicaba otras que tampoco entendía y yo lo único que deseaba era regresar a mi cama. Cuando por fin pude hacerlo, no tenía sueño, así que maldije a los ancianos. Vi una película de terror hasta bien entrada la madrugada. No supe a qué hora me dormí. Me despertó el sonido intermitente del timbre de la puerta. Me levanté de malhumor, grité que ya iba a abrir. Vi al anciano a través de la mirilla. Recordé que no había cerrado el registro de agua. Fui directamente al cuarto del calentador, giré la manija y cancelé el servicio. El timbre sonaba insistentemente. Abrí la puerta y miré al viejo con mi cara de pocos amigos. Su mujer gritaba histérica que el avión los iba a dejar. «Ya lo arreglo», dije. El anciano quería que bajara de nuevo a presenciar el desastre. Le dije que no se preocupara, que llamaría al plomero. Le tiré la puerta en las narices y me acosté de nuevo. Me desperté a las nueve de la mañana, cogí el directorio telefónico y llamé a un plomero. A mediodía el daño estaba arreglado. Desde ese momento, cuando me los encontraba en el ascensor no los saludaba ni ellos a mí. Qué se le iba a hacer, yo era un mal vecino.

—¿Por qué la pintó?
—Porque por fin había hallado mi tema. ¿Quién?, me pregunté, ¿dejará retratada para la historia esta época? Aquí se pintaron cóndores, toros, gordas. Así que salí en busca de los muertos vivientes. Comencé a fotografiarlos, a retratarlos. Luego quise hacer mi propia *Chef-d'oeuvre inconnu*.
—¿Y la mujer?

Eso hice, los busqué. Si la ciudad iba a desaparecer, si el mundo se iba a acabar, alguien tendría que pintar la historia de cómo sucedió. Aquí en esta planicie no había muelles, pero sí mercados y vertederos de basura. Habían pasado tres meses desde la infección. Me encerré en el apartamento durante todo ese tiempo. Tranqué la puerta con una pesada mesa de madera y la enorme cama matrimonial. Me oculté en la habitación del fondo, que daba hacia la montaña. Cerré las puertas y evité hacer ruido. Durante el primer mes no ocurrió mucho. Una noche, escuché que una persona golpeaba la puerta con insistencia para que le abriera. La oía gritar. No me iba a arriesgar por nadie, de eso estaba seguro. Al final percibí unos gruñidos y luego, nada más. Otro día, alguien hizo lo mismo durante tres días seguidos. No le hice caso. Creo que se cansó. Durante dos meses el caos se apoderó de la ciudad. Mucha gente trató de huir. Hubo saqueos, enfrentamientos con la policía. Muertos. De día, prendía la televisión con el volumen bajo o encendía el computador. Cuando cortaron el servicio, estuve a oscuras la mayor parte del tiempo. Caminaba descalzo, preparaba comida caliente en la estufa de gas. Podría decirse que la suerte estaba de mi lado. Luego quitaron el gas. Después el agua. Los primeros días no sufrí de sed, porque tenía reservas. Cuando se acabó el agua y la comida, pensé en arriesgarme a salir. No sabía qué ocurría en los demás apartamentos. Evité abrir las persianas. Sabía que todo era un caos. El computador se quedó sin batería, así que no pude leer más los mensajes del presidente Barreras en *Twitter*. Dejé de oír los sonidos que me eran más familiares: los pitos de los carros, las sirenas, el murmullo de la radio, el canto de los pájaros, la música.

Sobre todo la música, pensé. También dejé de oír el rumor habitual de la ciudad. Se había impuesto en el aire un silencio siniestro e implacable.

—¿Alguien compra sus cuadros?

—¿Está usted loco? Nadie compra arte en esta época, ¿no se ha enterado?, estamos viviendo el fin del mundo.


Una mañana —continuó Martín— me arriesgué a salir del apartamento. Afilé un cuchillo de cocina que amarré fuertemente a un palo de escoba. Era un arma rudimentaria, pero al menos podía defenderme. Bajé las escaleras intentando no hacer ruido. Durante el descenso, algunas ratas asustadas huyeron despavoridas. Cuatro pisos más abajo alguien golpeaba insistentemente una puerta. Me acerqué y puse el oído sobre la madera. Escuché un gruñido y me aparté de un brinco. Lo que había al otro lado advirtió mi presencia y golpeó con más fuerza. Bajé corriendo los tres pisos siguientes. Había rastros de sangre por todas partes, ropa regada y zapatos tirados por ahí. Al parecer, en el piso séptimo alguien había abandonado unas maletas. Luego encontré el primer cadáver. Era del portero. Creo que se suicidó. Los gusanos le comieron la piel del rostro y los ojos. Me acerqué y tomé el arma, un pequeño revólver calibre .22 con tres balas. Lo guardé en el bolsillo del pantalón y bajé al primer piso. La portería estaba solitaria. Leí la bitácora. La última anotación la había hecho hacía dos meses. Busqué en los cajones y encontré una caja de municiones para el arma.

—Entonces, ¿tiene algún sentido pintarlos?
—¿Quién se pregunta por el sentido a estas alturas de la vida? Claro que nada tiene sentido. No por eso voy a dejar de pintar a Verónica.
—¿Cómo la conoció?

En este país todo nos parecía realismo mágico —dijo Martín— y creímos que a los males se los enfrentaba sólo con historias fantásticas. La ciudad tampoco estuvo preparada para esto. Comprendí que sobrevivir significaba actuar: buscar comida y refugio. Bajé al parqueadero. Olía a mierda humana. Aparte de mi carro, había una camioneta parqueada. Saqué las llaves y abrí la puerta. No quería hacer ruido pero la alarma se activó. La controlé a tiempo, sabía que ellos la escucharían. Me agazapé dentro del carro.

Monté el revólver y estuve así por media hora. Temblé de miedo. Escuché un ruido que provenía de la calle. Me levanté para mirar a través del parabrisas y vi a dos de ellos golpear la puerta del parqueadero. Tendría que abrirla manualmente porque no había electricidad, la alternativa era matarlos antes de que me impidieran la salida.

Aunque podía dispararles, decidí que lo mejor era clavarles la lanza en la cabeza. Para evitar que me vieran, me deslicé al puesto de atrás del automóvil e intenté abrir la puerta. Estaba con seguro de niños. Regresé al puesto del conductor, abrí la puerta y me arrojé al suelo, dejé las llaves puestas. De bruces, miré que no hubiera otro peligro cerca. Me arrastré por detrás de la camioneta, me levanté y miré hacia adentro. Intenté abrirla. Estaba cerrada. Alguien había dejado abandonado el mercado y huido. Me arrastré hacia la pared del fondo. Me asomé cautelosamente por las rendijas de los respiradores, desde donde observaba la calle. Parecía solitaria. Varios carros abandonados estaban con las puertas abiertas.

«Dios mío», pensé, «esto es peor de lo que me había imaginado.» Caminé lentamente hasta la entrada del parqueadero y me asomé. Todavía estaban allí. Tenía que alejarlos de la puerta. Se me ocurrió una solución: hacer ruido. Debajo de la escalera encontré la caja de herramientas que usaban los porteros. La abrí. Cogí el destornillador y el martillo. Podrían servirme como armas. Busqué algo que pudiera arrojar a la calle por las rendijas. Vi unas botellas plásticas de gaseosa, vacías. Había montones de periódicos viejos. En medio del caos, ojeé algunos. Los últimos databan de hacía tres meses, una semana antes del gran desastre. Intenté concentrarme en la lectura sin éxito, los gruñidos me distraían y me ponían cada vez más nervioso. Un titular de *La Razón* decía: CONTROLADA LA INFECCIÓN EN EL PAÍS. Leí el párrafo siguiente: «El ministro de Salud presentó un informe asegurando que fuera de unos brotes en el Chocó y en algunos departamentos de la costa, el virus estaba controlado: *Pido a los habitantes que continúen con sus vidas normales y usen tapabocas*». Dejé el periódico y sonreí:

«En este país», pensé, «nunca nos preparamos para nada.»

Busqué entre la basura hasta que encontré un pequeño envase de vidrio de Coca-Cola. Regresé a la rendija, saqué la mano y la arrojé a la calle. Pensé que al romperse haría el suficiente ruido, pero la botella no se rompió, rodó hasta quedar trancada en la rueda de uno de los carros.

—¿Era bella cuando la conoció?

—Cuando la conocí era tan normal como usted o yo. Creo que ella nos ha trascendido. A diferencia de otras mujeres, ella ya no sufre porque ha envejecido, engordado o ya no es bella.

—¿La extraña?

—Tenemos una aventura.


Me alejé de la rendija para ocultarme, los gruñidos seguían escuchándose en la entrada del parqueadero. No me quedó más remedio que dispararles. Le apunté a uno de ellos, ubicado en frente de la tienda de la esquina y halé el gatillo. No acerté. Rompí una de las ventanas. Desde que presté el servicio militar no había vuelto a disparar un arma. Sentí un pitido agudo en el oído derecho. Me oculté y dejé de escuchar los gruñidos. Me arrastré hasta la puerta, los monstruos estaban con la cabeza volteada hacia la tienda. No se movían. Regresé a la rendija y volví a disparar. No le hice daño a los monstruos, pero el otro ventanal se vino abajo haciendo todo el ruido que necesitaba. Regresé de nuevo a la puerta y vi que se alejaban lentamente. Ahora necesitaba abrirla. Estaba con llave. «Mierda», dije. Regresé a la portería empuñando la lanza. Sudaba. El vidrio de la puerta de entrada al edificio estaba agrietado, pero resistía. Podía verlos moverse. Busqué las llaves, pero no estaban en los cajones. «¡El portero!», grité. Lleno de frustración y miedo decidí subir hasta el quinto piso en donde se encontraba el cadáver. En el tercer piso escuché ruidos detrás de las puertas. Allí estaban, atrapados, mis vecinos que no pudieron escapar. Monstruos prisioneros. Oí un gruñido en uno de los pisos de arriba. Me armé de valor y subí corriendo el tramo que faltaba. El cadáver descompuesto del portero desprendía un tufo miserable a carroña. Sentí náuseas, quise vomitar pero no pude. Percibí los gruñidos mucho más cerca. Revisé los bolsillos de la chaqueta del muerto sin éxito, así que esculqué los del pantalón. Cuando metí la mano, cientos de gusanos se agitaron. Siempre me habían dado asco. Saqué las llaves y vomité. Me puse de pie. Estaba a dos metros de mí, cerca de la escalera. No podía creerlo. Sólo los había visto en películas. Creí que eran un invento de George Romero. ¿Realismo terrorífico? Allí estaba con su carne podrida, caminando con los brazos extendidos hacía mí. Mi primera reacción fue dispararle, pero el revólver se me atascó en el bolsillo. Me ganaron los nervios, nunca había enfrentado una situación semejante. Sin querer, solté las llaves que cayeron sobre la cabeza podrida del portero.

Fue en ese momento cuando la bestia se abalanzó sobre mí. Brinqué hacia atrás y aferré la lanza sin perder de vista al engendro. Tenía que superar el miedo si quería salir vivo de la lucha. «Esos monstruos», pensé, «no son racionales ni piensan, se mueven lentamente y sólo quieren comerse mi cerebro.» Empuñé la lanza con firmeza, me acerqué tambaleando y se la clavé en la cabeza. El primer ataque no fue efectivo. Aunque le había entrado por el ojo, el muerto viviente seguía moviéndose. Percibí con repugnancia su pestilencia. La delgadez de su cuerpo, los pelos grises y la mirada estúpida me recordaron al vecino enjuto del apartamento de abajo. Empuñé la lanza de nuevo y se la clavé directamente entre los ojos, la giré con fuerza y noté, con alivio, que se desvanecía. «Esto es por despertarme a medianoche», grité.

—A Verónica la mordió uno de esos monstruos. Cuando llegamos a esta casa, ya estaba infectada. Me lo había ocultado. Hasta había soñado con hacer una familia y todas esas cosas.

—¿Cómo hizo para pintarla?

Respiré aliviado. Temblaba. Tenía que actuar rápido. Recogí las llaves con asco. Las golpeé contra la pared para sacudirles los gusanos. Recuperé la lanza. Sentí algo extraño. No fue fácil, había matado al primero, había adquirido experiencia. Tenía una ventaja. Por un instante quise regresar a mi apartamento para encerrarme, pero no había vuelta atrás. Bajé al parqueadero. Se habían alejado de la puerta. Subí al carro. Giré la llave sin encenderlo. El tanque de gasolina estaba por la mitad. Dentro de la ciudad podría recorrer trescientos kilómetros y fuera de ella quizás un poco más. Supe que podía llegar a mi casa de Chía. Aún no había abierto la puerta del parqueadero. Mientras recobraba la lucidez y el aliento oí un clic detrás de mí y sentí un objeto frío en el cuello.


—Oiga, ¿quiere comprar una de mis pinturas?
—¿Y Verónica?
—¿Quiere verla?
Subimos a la habitación. Decenas de pinturas colgaban de las paredes. Las observé. El pintor Gómez se había dedicado a retratar a la muerte. Abrió la puerta de par en par. Allí estaba Verónica desnuda, furiosa, con ganas de lanzarse sobre nosotros y devorarnos. No era una mujer de arcilla ni una belleza

muerta. Era un horrible cadáver que el pintor Gómez tenía atado a la cama con cadenas.

—¿No recuerda a mi vecina? ¿No le parece hermosa? ¿Mi Ligeia?, ¿mi Ofelia? No quiero resucitarla, como hicieron otros artistas.

No la recordaba.


Creí que sería el fin de todo. Pensé en los monstruos. Mi primera reacción fue mirar el espejo retrovisor. La sola idea de encontrarme con la cara de uno de ellos me aterrorizó. Vi, en cambio, el rostro asustado de una mujer.

—¿Quién eres? —pregunté.

—Disculpe —dijo quitándome el arma o lo que fuera del cuello—, pensé que era uno de ellos.

—¡Mierda! —grité—, casi me cago del susto.

—Discúlpeme.

—Está disculpada. No podemos seguir con esta escenita. Necesito abrir esa puerta —dije señalando con el dedo— y largarme de aquí lo antes posible.

—Por favor, señor, lléveme con usted.

—No sé quién es usted. Además, empezamos mal.

—Estoy asustada. Soy Verónica, ¿no se acuerda de mí?

—Seguro la he visto un par de veces en el ascensor, cuando sacaba a pasear al perro, pero es que usted es tan antipática. Mire, no nací para ser héroe, yo también tengo miedo.

—Vi lo que hacía hace un momento, la forma como distrajo a los zombis.

—¿Ah, sí?, ¿y dónde estaba escondida?

—En la camioneta, cubierta con una manta. Lo vi cuando se asomó por la ventanilla. Me quedé quieta.

—Su carro es grande y tiene mercado.

—No me va a creer, me escondí en el carro hace como un mes. Salgo sólo al baño.

—¿Por qué no huyó?

—No queda gasolina. Todo fue tan rápido, tan horrible, allá arriba.

—¿En qué apartamento vive?

—Vivía en el 1502. Mi hermano empezó a actuar de forma extraña. Una noche escuché unos gritos. Provenían del cuarto de mis padres. Me levanté y mi hermano estaba sobre ellos. Los estaba mordiendo. Cuando le grité que parara, volteó la cabeza. Tenía la boca cubierta de sangre y la mirada... Salí corriendo. Los dejé encerrados con llave. Esa noche escuché gritos y gemidos en casi todos los pisos del edificio. Estaba oscuro, así que decidí ocultarme aquí. Al amanecer, los últimos carros salieron del parqueadero. Desde entonces, nadie ha vuelto a entrar ni a salir.

—Será mejor que salgamos. Espere abro, ojalá que esas bestias no me coman.

Salí del carro y corrí hasta la puerta del parqueadero. Me temblaban las manos. Sentí alivio cuando la llave giró. La abrí de par en par y luego regresé. Prendí el motor y arranqué. Frené en seco para preguntarle a la mujer sobre las provisiones.

—Me queda algo de comida y agua.

—Vaya rápido y traiga todo lo que pueda.

Los segundos se me hicieron eternos. Escuché los gruñidos, los monstruos se aproximaban.

—Apúrele —grité.

Estaba asustado. Unas veces miraba hacia la salida, otras veces, la miraba empacar víveres en bolsas plásticas. Cuando por fin subió, tenía a uno de los engendros en frente de mí. Ella cerró la portezuela y arranqué hundiendo todo el acelerador. Arrollé al zombi. El parabrisas quedó salpicado de una sustancia pegajosa, sanguinolenta, y de restos de piel. El otro engendro intentó acercarse. La idea era subir a la Circunvalar. Decenas de carros taponaban la vía. La única alternativa era subirme al andén. Mientras avanzábamos, noté que algunas personas se habían quedado encerradas dentro de los carros. No tuve tiempo de saber si estaban vivas o muertas. Al contrario de lo que pensé, la vía estaba despejada, salvo uno que otro carro abandonado. Supuse que la mayoría de personas intentó huir de la ciudad por la autopista Norte o por las vías que conducían al sur del país.


—Escuche, quiero que ella me muerda, quiero saber cómo es eso. Voy a grabarlo. Quiero convertir mi transformación en una obra de arte.

—Tal vez no quiera estar aquí para presenciarlo —dije y me despedí.

Noté que el artista estaba embelesado con el monstruo que ya no era una mujer. Quizá semejaba al sapo de Voltaire.


—Gracias a Dios —dijo ella.

—¿Cómo se llama?

—Verónica.

—Bueno, Verónica, pásese adelante para verla mejor. Soy Martín Gómez.

—¿Fuma?

—Lo había dejado, pero ahora mismo me caería bien fumarme uno.

—¿Usted en qué apartamento vivía?

—En el 1501.

Las cosas se estaban poniendo peor. No entendí si lo que Martín Gómez iba a hacer (quizá ya lo había hecho) era un acto de amor o locura, o una manifestación estética. Quizá sencillamente lo jodió la violencia. Cuando le envié el texto al maestro T, me respondió diciendo que si quería ser un escritor comenzara escribiendo obituarios: «Al resumir la valía e influencia de una persona que ha muerto, estás resumiendo sus logros».

Pero qué sabía yo de los muertos.

# Todos los monstruos
# mueren al amanecer

*El doctor Van Helsing me indicó que levantara la cortinilla. Así lo hice, y el día pareció brotar frente a nosotros. Un rayo rojo asomó por el horizonte, y una luz rosácea bañó la habitación.*

Bram Stoker

Estaba cansado de todo. Sediento. Hambriento. Las reservas de comida se habían agotado. Vagué por la ciudad como un indigente buscando entre las montañas de basura cualquier cosa qué comer. En una casa de una esquina del barrio Santa Fe escuché ruidos. Empuñé el revólver. No quería sorpresas. Asomé la cabeza por una de las ventanas. Un hombre viejo o envejecido bebía un líquido espeso en un vaso mugriento, mientras observaba a un enano gritar sobre la tarima de un escenario. Me ilusionó poder encontrar comida en ese lugar.

A pesar de que no sabía cómo sería recibido, entré. El lugar estaba vacío, era un extraño burdel.

El hombre me contó que su padre, un militar retirado, le enseñó a disparar.

—Empecé con palomas, a los cinco años —dijo, luego seguí con ratas de alcantarilla, perros y gatos callejeros. Fue mucho después que enfrenté a los podridos.

La bebida era una especie de chicha que el enano fabricaba con cáscaras de frutas que encontraba en los basureros. «Antes de la hecatombe», dijo el enano, «ese hombre ya era una leyenda.» Me refirió la historia: «Contratado por un oscuro poder en el país, eliminó a todos los miembros de una lista negra que obtuvo a través de funcionarios corruptos del Estado».

La lista tenía los nombres de personas que, según el hombre que lo contrató, estaban infectados con el virus Z. Sus métodos sanguinarios fueron apreciados por los miembros más hipócritas y reaccionarios de la sociedad, por políticos deshonestos y militares desleales. Seguía a sus víctimas, las espiaba, hasta comprobarles, así fuera fugazmente, un mínimo contacto con el virus. Un simple estornudo era evidencia suficiente para disparar.

«Se le atribuye la desaparición de un ama de casa que compró víveres en una tienda, cuyo dueño era considerado enfermo. La desaparición ulterior del tendero, también», dijo el enano.


—Fui famoso en la empresa Z Asesores porque era efectivo en la cacería de monstruos —dijo el hombre mientras observaba el *show* de La Giganta—. Para ello, utilizaba una carabina calibre .22. En las noches, despertaba a alguno de mis hombres para que me acompañara durante la caza. Cuando me iba bien mataba hasta treinta caminantes; cuando me iba mal, uno, y eso significaba que los despertaba a todos a las tres de la mañana. El hombre que me acompañaba debía estar atento para indicarme en dónde había monstruos. A veces había muchos, otras veces ninguno, pero siempre encontraba alguno por ahí, porque son una plaga.

Según el enano, la Policía nunca tuvo registros de él. Se sabía, por testimonios de algunas personas, que era un hombre alto, de contextura gruesa, que cubría su rostro con un pañuelo negro. Otras versiones mencionaban a un hombre gordo y bajito oculto tras un pasamontañas. Los demás rumoraban que se trataba de una mujer disfrazada. Pero es sabido que un hombre, violento y poderoso, causa tanto temor en las personas que domina, que las puede conducir a dar informaciones contradictorias entre sí sobre sus características físicas. El caso es que el hombre aparecía ocasionalmente para infundirles miedo y levantarles la moral a sus subordinados. Luego desaparecía por semanas e incluso meses.

«Sus lugartenientes le tenían respeto», dijo el enano. «Los entrenaba militarmente y les impartía creencias supersticiosas para someterlos al miedo. Les hablaba del Señor de los Muertos, al que le tenían pavor. Les decía que si rompían el pacto, establecido mediante un ritual, las almas en pena los arrastrarían al fondo del infierno. Según un testigo, el rito comenzaba con la ingesta de una infusión amarga preparada por un chamán borracho de aguardiente que él hacía traer, a punta de pistola, de un caserío cercano. Después de eso, se la pasaban cagando y vomitando toda la noche. Les decía que habían descendido al averno, que se habían encontrado con el Gran Ser y habían regresado con vida, que desde ese momento iban a ser más fuertes. La mayoría se lo creía. Los obligaba a dormir en algún cementerio para que le perdieran el miedo a los muertos. Les exigía treparse a una ceiba, a la que llamaba Árbol Sagrado, para que saltaran de la rama más alta. Unos terminaban con un brazo roto, otros con una pierna fracturada, los demás, muertos. Al final, les enseñaba a disparar. Los hombres que cumplían con esta serie de desafíos se ganaban, por valientes, su respeto.»

Luego de beber cinco vasos de chicha, el hombre cambió la actitud rígida del comienzo y empezó a echar chistes. Bebí con asco un vaso de esa bebida que el enano me ofreció generosamente. «Hay más», dijo. La encontré ácida y con sabor a fruta podrida. Pero no había más qué beber. El hombre aplaudió al engendro que desfilaba de manera extraña. Me contó que odiaba a su padre, que cuando era pequeño los maltrató a su madre y a él.

—El viejo miserable de mi padre —dijo, ya en el sexto vaso de chicha— siempre me odió. Decía que yo no servía para nada. Cuando aprendí a disparar tenía mala puntería, no por falta de habilidad, sino debido a una miopía. El viejo paralítico creía que yo era un inútil. Me humillaba, me trataba de torpe. Una vez, recién comenzaba mi carrera militar, invité a una novia a la casa. Me gritó que si me iba a dedicar a tirar y no a ser un soldado de verdad, mejor me ponía un prostíbulo. Cómo lo odié desde esa vez. Cuando estaba borracho era peor persona, porque trataba a mi madre de puta. Ella se cansó de él y lo dejó por otro militar.

Estaba tan concentrado en su historia que me había olvidado del *show* de La Giganta. En la sombra parecía una mujer enorme, una yegua alta y maciza vestida con un traje de novia. Se fue moviendo lentamente hacia nosotros. La penumbra del lugar me impedía verla bien. Desfilaba con torpeza por la larga y sucia pasarela de madera de color gris. Contoneaba levemente las caderas. Resultó ser un monstruo espantoso, con el trasero exuberante y las tetas podridas. El enano la tenía atada al cuello con unas cadenas. Nos encontrábamos cerca del escenario cuando se abalanzó sobre nosotros. De un salto, me alejé de esa cosa. El hombre se echó a reír. Luego, el enano la regresó a su sitio, halándola. Tenía tatuado sobre la piel marrón del hombro derecho el símbolo del yin y el yang.

—Je, je —continuó el hombre, ya ebrio—. Creo que aún no lo ha visto todo, amigo. El viejo creyó que iba a fracasar porque no confiaba en mí ni en lo que yo hacía. ¿Sabe una cosa, señor?, para él nunca tuve talento. Ahora él es un miserable muerto viviente en una silla de ruedas, ¿le gustaría verlo? Es un viejo militar fracasado, je, je, je, sí señor, es un bueno para nada. Soy mejor que él. Sobreviví.

Se quedó mirando con los ojos desorbitados un espectáculo llamado *ducha erótica* de otra bestia a la que le decían Abril. El enano lo anunció con lujuria. Dentro de un cilindro de acrílico transparente Abril comenzó a moverse con rudeza. Según el hombre, Abril había sido una famosa modelo negra. El enano la había ataviado con un collar de enormes piedras de fantasía, aretes y pulseras que le hacían juego. Se movía con un ritmo distinto que el de La Giganta. Para mí, intentaba romper el acrílico. Para el hombre, se bamboleaba como una artista. Llevaba un pantalón raído, ajustadowe le marcaba el contorno de sus nalgas descompuestas. Me dio asco. A diferencia de la seriedad de La Giganta, Abril abrió la boca para mostrar su dentadura podrida y sanguinolenta. El enano, subido en unas escaleras, le arrojó un baldado de agua sucia que la empapó de pies a cabeza. La ropa se le pegó al cuerpo. Se movía frenéticamente. Yo quería huir del lugar. El hombre, en cambio, estaba extasiado. Semidesnuda, el agua le recorría el cuerpo. El enano soltó un gato vivo dentro del cilindro. Abril se agachó y lo atrapó para devorarlo. Terminado el espectáculo, el enano, como quien mueve a una marioneta, hizo que se despidiera con un beso y la sacó del escenario.

Después vinieron los problemas. Borracho y excitado, el hombre se dirigió al camerino. Gritó que si las mujerzuelas no venían hacia él, él iría hacia las mujerzuelas. Creí que era un chiste, pues en el sitio no encontré mujeres.

El enano se acercó, dijo que el hombre estaba causando problemas y rogó para que lo acompañara hasta una de las habitaciones. Fui tras él. Escuché unos gruñidos que provenían del cuarto. El enano me indicó la puerta. Cuando la abrí, un tufo repugnante me hizo vomitar la chicha. El hombre estaba de pie con los pantalones abajo. Frente a él, a pocos centímetros, La Giganta intentaba agarrarlo, pero las cadenas se lo impedían.

—¡Mámemelo, malparida! —gritó el hombre, apuntándole a La Giganta con una pistola—, ¡mámemelo!

—¡Es que no se le para, teniente! —gritó el enano.

El hombre volteó a mirar al enano y le disparó. El cuerpo contrahecho rebotó contra una pared y se desplomó. La Giganta aprovechó el descuido para morder la mano del hombre que sostenía la pistola. Aunque estaba aterrorizado, me acerqué con precaución, lo desarmé y le ordené que se subiera los pantalones. La Giganta intentó morderlo de nuevo. Lo saqué del lugar. Maldijo su vida.


Los primeros rayos del sol iluminaron su cuerpo enfermo y decrépito. La piel amarilla del rostro y el leve temblor de las manos revelaron a un hombre derrotado. Durante unos minutos, caminamos sin rumbo. Dijo que respetaba a los valientes y que odiaba a los cobardes. Que yo era un valiente. Me contó que, cierta vez, algunos de sus hombres no querían trabajar más y planeaban desertar porque vivían asustados.

Una noche los reunió a todos en línea.

—A ver, ¿quién le tiene miedo a los muertos? —les preguntó, deteniéndose durante un segundo frente a cada uno de ellos, mirándolos a los ojos.

Ninguno se atrevió a responder.

—Levanten la mano los que se asustan con los podridos que yo los exorcizo —dijo en tono conciliador.

Dos de ellos las alzaron con timidez. Se trataba de un par de campesinos enjutos, de bigote ralo y pelo liso. A uno de ellos le faltaban los incisivos superiores.

—¡Vengan para acá, par de maricas! —les gritó.

Los hombres pasaron al frente de la formación. Sin mediar palabra, desenfundó una pistola y les destrozó la cabeza a tiros.

—A ver, ¿alguien más le tiene miedo a los muertos vivientes? —preguntó, mirando con severidad a los demás, que no se atrevieron a pestañear.

Lo vi caer y maldecir de dolor. No podía hacer gran cosa para salvarlo. Ya estaba condenado. Esperé varias horas para presenciar su transformación. Durante la primera hora se quejó horriblemente y la herida se le puso de color marrón. Cinco horas después convulsionó como un epiléptico y vomitó la chicha hedionda. Pasaron quizá tres horas más, cuando se puso rígido y perdió la coordinación muscular. Luego, quedó totalmente paralizado. Al final, entró en coma. El virus había invadido su cuerpo. Lo vi morir. T no me lo iba a creer. Me quedé hasta el momento en que comenzó a revivir. La esperanza de vida de un zombi, según las investigaciones, era de tres a cinco años, tiempo que tardaba en descomponerse. A menos que se congelara, embalsamara o preservara de cualquier otro modo.

No se lo iba a permitir. Tomé algunas fotos y me alejé unos metros para evitar que me atacara. Cuando se levantó, tenía el rostro putrescente como todos los demás. Saqué el revólver que guardaba en el morral, le apunté a la cabeza y lo derribé de dos disparos.

Me quedé solo en medio de la vasta necrópolis, de la inacabable ciudad de los muertos.

# Epílogo

No pude enviarle más historias a T, porque la paloma mensajera jamás volvió a aparecer por el escondite. Esperé durante varios meses su venida, pero nunca llegó. Tampoco pude decirle a mi maestro que me fui al sur, a Tierra del Fuego, a donde huyeron los sobrevivientes. Cruzaría montañas, selvas, páramos, desiertos, punas y en algunos meses estaría allí.

¿Volverían, algún día, los seres humanos a reconquistar el mundo? La respuesta me importaba un pepino.

En casi todos los lugares del planeta había muertos vivientes. Eran lentos, torpes y estúpidos.

Aprendí a evitarlos.

Miré hacia el sol naciente, al horizonte. Me esperaba un largo camino, muchos peligros, quizá la muerte. Felizmente, no los afrontaría solo. En la carretera, sentada sobre el capó de un carro abandonado, aguardaba Liliana. Vi en sus ojos el leve brillo del tercer minuto de la aurora. No dije nada. En otra historia yo habría sido el héroe problemático y ella me habría besado. Habríamos actuado según las convenciones: mirarnos, tomarnos de las manos e irnos muy lejos. Como en una película romántica. No ocurrió. Simplemente la saludé con timidez, siempre he sido un poco imbécil para estas cosas, y continuamos el camino juntos.

Insospechado lector, si leyó esta historia, sepa que escribir relatos de sobrevivientes perdió todo sentido para mí. Sólo llevo conmigo el cuchillo de caza, la linterna, el martillo, el revólver cargado con una bala y el libro de poemas de K. de Waard.

El resto queda atrás.